U0551439

一笑

古龍百四著

國際學術研討會

古龍武俠小說 領先時代半世紀

【記者賴素鈴／報導】江湖代有才人出，這廂古龍凋零二十載，那廂今朝懸賞百萬獎新秀，浪淘不盡，唯有武俠熱愛，不隨時間變易，在學術研討會上更見分明。以「一代鬼才：古龍與武俠小說」爲主題，淡江大學第九屆文學與美學國際學術研討會昨起在國家圖書館，展開爲期兩天的議程，紀念武俠小說家古龍逝世二十周年，新生代學者與古龍故舊齊聚一堂，以文論劍話武俠。

日前與淡大中文系教授林保淳共同發表《台灣武俠小說發展史》，武俠小說評論家葉洪生昨天在專題演講中，直批胡適1959年底發表「武俠小說下流論」是「胡說」，學界泰斗的不當發言以及隨即展開的「暴雨專案」，反而促成1960年起台灣武俠新秀的繁興，「武俠小說迷人的地方，恰恰在門道之上。」，葉洪生認定，武俠小說審美四原則在文筆、意構、雜學、原創性，他強調：「武俠小說，是一種『上流美』。」

集多年心血完成《台灣武俠小說發展史》，葉洪生認爲他已爲從十歲起迷上武俠小說的半世紀畫上完美句點，並且宣布他「以後決心退出武俠論壇，封劍退隱江湖」。

雖然葉洪生回顧武俠小說名家此起彼落，套太史公名言「固一世之雄也，而今安在哉？」，認爲這是值得深思的嚴肅課題，昨天意外現身研討會而備受矚目的溫世禮，則爲了紀念同是武俠迷的哥哥溫世仁，推出第一屆「溫世仁武俠小說百萬大賞」，即日起至今年10月3日截止收件，經兩階段評選後於明年12月7日公布首獎得主，預料將會是一場武林新秀的龍虎爭霸戰。

看明日誰領風騷？風雲時代出版社發行人陳曉林眼中的古龍，其實領先他的時代半世紀，以致如今雖然古龍逝世20年，陳曉林認爲大家對古龍的了解仍然有限，預言未來世代更能和古龍的後設風格共鳴。

昨天這場研討會，也凸顯武俠小說作爲一項文學研究門類，仍有待開發學習空間。多位與會者都指出，武俠小說的發表、出版方式和管道具考證難度，學術理論與論文格式的建立待加強。而武俠名家的版權之爭、市場競爭力，也增加出版推廣困難，古龍武俠小說的版權糾紛、司馬翎作品的版權官司也成爲研討會的場外話題。

與

武俠小說

第九屆文學與美

一代鬼

古

古龍兄為人慷慨豪邁，跌蕩自如，變化多端，文如其人，且復多奇氣，惜英年早逝。余與古兄嘗為交好，且喜讀其書，今除不見其人，又無新作可讀，深自嘆惜。

金庸

一九九六．十．十一．香港

大人物

（上）

古龍精品集56

大人物(上)

【導讀推薦】《大人物》的敘事魅力……005
一 紅絲巾……015
二 一百另八刀……019
三 金絲雀和一群貓……035
四 優雅的王大娘……059
五 王大娘的眞面目……081
六 粉紅色的刀……105
七 大小姐與豬八戒……125
八 上西天的路途……159

目・錄

九 排場十足的張好兒……173
十 寂寞的大小姐……191
十一 安排……205
十二 煮熟的鴨子……221
十三 拜天地……237
十四 不是好事……255
十五 男人喜歡到的地方……269
【附錄】古龍筆下的俠客形象與江湖場景……283

【導讀推薦】

《大人物》的敘事魅力：明暗雙線，畫龍點睛

知名文學評論家 竺金藏

古龍的《大人物》出版於一九七一年，屬於他整個創作歷程中的中期作品。《大人物》雖然並非古龍的代表作，但確實是一部上乘之作。

古龍的武俠小說創作進入中期以後（以《武林外史》為標誌），開始了力圖突破傳統武俠小說創作窠臼，在內容和形式諸方面另闢蹊徑的時期。古龍在他的一些作品的序中曾指出：武俠小說不應該再寫神和魔頭，應該寫活生生的、有血有肉的人；武俠小說的主角應該具有人的優、缺點，更應該具有人的感情。人性是小說中不可或缺的，人性並不僅是憤怒、仇恨、悲哀、恐懼，其中還包括愛和友情、慷慨與俠義、幽默與同情。武俠小說雖然寫的是古代的事，但未嘗不可注入作者的新念。此外，他還主張應重視製造事件衝突，營造肅殺氛圍，以此強化、烘托動作描寫的衝擊力，而不是一味渲染血和暴力的刺激效力。依照作家的這些創作理念，考察其創作實踐，不難發現《大人物》正是貫穿了作家理論主張的一部探索性作品。

整部小說暗喻女性的成長

古龍的小說往往淡化歷史背景，不注重對歷史事件或歷史人物作現代思考或文學闡釋；他注重的是在作品中折射現實生活中各種人物的生存狀態，從而抒寫他自己的人生思考。《大人物》故事的時代背景極其模糊，僅從其中「世襲鎮遠侯」的爵位和「大名府」地名，根本無法準確判斷故事發生的朝代。《大人物》凝聚筆墨，敘寫癡情少女爲了愛情勇闖江湖、歷經風險，在生活的磨難中，真正懂得了生命的意義；整部小說是暗喻人生從幼稚走向成熟的艱難歷程的一種文學象徵。因此，故事發生的時代並不重要——朝代更迭，社會變遷，但人生的過程卻總是相似的。

古龍通過塑造不同的人物形象，通過演敘不同人物形象之間的喜怒哀樂、悲歡離合，表達了他對人生與人性的深入思考。

首先，圍繞著女主人公田思思的江湖冒險經歷和情感發展過程，作家細膩入微地抉剔其心理狀態，勾勒其思想嬗變軌跡；其間，既有大小姐所特有的情感和心理，也有青春女性成長過程中所共有的心態和問題。田思思的思想和情感變化，隨著她的涉險江湖，經歷了三個階段：春情萌動階段；思想覺醒階段；愛情成熟階段。這三個階段既是田思思的獨特情感歷程，又是作家對人生，特別是女性感情生活與思想變化的一種逼真類比。

田思思出走江湖的初始動因，是她堅定地要嫁給聞名江湖的幾位大英雄之一，特別是其愛慕已久的大俠秦歌。傾慕英雄，追求愛情夢幻中的偶像，這是青春女性所共有的心態；但作爲中國古代大家閨秀的田思思，能夠衝破禮法的束縛，女扮男裝，不顧一切地追求夢中情郎，這就不僅僅是「癡情」二字所能全部說明問題的，這還是她獨特的大小姐的性格使然。田思思的思想情感不同於一般的懷春少女，她具有當時一般少女所缺乏的敢做敢當的勇氣。這就是她敢於獨闖江湖的基本原因。

當田思思像金絲雀一樣飛出禮法與習俗編織的「鳥籠」時，生活的博大和多彩使她眼界頓開，「一個人若總是待在後花園裡，看雲來雲去，花開花落，她縱然有最好的享受，但和一隻被養在籠子裡的金絲雀又有什麼分別呢？」（第三章〈金絲雀和一群貓〉）這種看似平淡無奇的生活感受，實際上具有一種跨越時空的思想穿透力：「花園裡被養在籠中的金絲雀」，這正是對千百年來像田思思這樣生活優裕、安逸，卻又平淡、狹隘的大家閨秀們生存狀態的形象描摹，而這樣的「金絲雀」，在《西廂記》、《牡丹亭》、《紅樓夢》等大量的古代通俗文藝作品中，確是屢見不鮮。從更深層的含義來理解她的這種感受，又未嘗不可以看作是對現代社會中醉心於安逸享樂、不思獨立進取的女性的一種警示。田思思的這種思想意識，是她歷經生活磨難而百折不撓的精神支柱；同時，也正是古龍對女性應該如何生存的深邃思考。

英雄崇拜與英雄解構

田思思幾經周折，屢經風險，終於見到了朝思暮想、聲震江湖的紅絲巾——這是所有江湖少女愛情夢幻中最高偶像的標識。但當田思思得以在現實生活中近距離凝視這紅絲巾時，才發現它並不總是似旗幟般威武地飄揚，它也有似髒抹布般蜷曲在骯髒的陰溝旁的時候。田思思沒有想到她心目中的大人物秦歌是酒鬼、賭鬼，而且內心十分寂寞、淒苦；她更沒有想到，她厭惡的「豬八戒」、大頭鬼楊凡，在她對秦歌真正瞭解之際，卻時時刻刻縈繞在心頭。——田思思的愛情夢幻覺醒了。田思思愛情夢幻的覺醒，寄寓著作家的深沈思索：無論哪種英雄都是人，不是神，甚至即使是神也不是完全沒有缺點的；時勢造英雄，英雄也爲盛名所困；人們崇拜英雄，也利用英雄；英雄在人們的讚譽中揚名，也在充滿光環的傳奇故事裡倍感寂寞；英雄在少不更事的女孩的愛情夢幻中成爲偶像，但在成熟的女性眼中，他也許並不可愛。田思思在思想覺醒之際，雖然認爲秦歌確是大英雄，但只願做他的好朋友，而不願再嫁給他——這是她情感歷程的重大轉折。

田思思最終決定嫁給貌不驚人的「大頭鬼」楊凡，標誌著她的愛情觀念的成熟。楊凡因貌不出眾、江湖無名而遭田思思鄙視，雖然她和他的婚事已有「父母之命」、「媒妁之言」，並且他在危難時刻拯一再救過田小姐，但他與她的關係總是顯得若即若離，兩人相處時，他也是淡然無味，似乎缺乏熱情。然而，田思思卻總是在最寂寞的時候想起楊凡，在最惆悵的時候想起楊凡，在最恐懼的時候想起楊凡，在最興奮的時候想起楊凡。在經歷了一系列生死攸關的重大事變之後，她終於看到了這位頭大體胖的「豬八戒」的英雄本色，她心中原本曖昧的感情，也終於清晰了：「因爲我已找到了一個真正的大人物，在我心裡，天下已沒有比他更偉大的大人物」。田思思的最終抉擇，也是作家人生思考的生動例證：「只有經過磨難的人，才會真正

懂得生命的意義，才會真正長大。」（三四章〈大人物〉）

的確，真正成熟的女性才會找到真正的英雄，而真正的英雄不一定擁有顯赫的聲名。

其次，圍繞著男主人公楊凡和秦歌的英雄故事，以及各自與女主人公的感情關聯，古龍真實地呈現出英雄的內心世界，描寫了英雄性格中的亮點和缺陷，從而表達了古龍有關人生價值取向的獨特見解：英雄與普通人、偉大與平凡之間並無不可逾越的鴻溝。

紅絲巾大俠秦歌，是古龍濃墨重彩描繪的江湖豪傑，他的紅絲巾即是英雄人格的象徵，他先後身中數百刀仍手刃歹徒的傳奇事蹟，更是令人欽佩不已。但同樣是這個江湖少女心目中的偶像的秦歌，嗜賭酗酒；賭輸可以爲賭場做保鏢，酒醉可以倒臥陰溝邊過夜；賭興豪發，他可以漠視癡情少女的苦心求愛；夜靜更深，他又可以與不願再嫁給他的少女談論寂寞和痛苦。秦歌的形象，在小說中給人的深刻印象是醉酒的「思想者」。大頭鬼楊凡，是作家以白描技法精心刻畫的江湖英雄，他貌不出眾，語不驚人，心寬體胖，平凡寬厚；他的細眼睛又永遠是明亮的，沒有什麼隱秘看不清。但同樣是這個大頭鬼楊凡，卻也是吃喝嫖賭俱全；可他又是江湖正義組織「山流」的首領，在他的心中，又分明隱藏著對田思思的熾烈情感。楊凡的形象在小說中給人的深刻印象是神秘的「豬八戒」。秦歌的形象似火紅而透明，楊凡的形象似平凡而神秘。兩相對照，差異巨大，而二人又同是江湖英雄。

江湖歷險的人性寓言

古龍如此塑造英雄，源於他對人生的深入觀察：英雄也是普通人，普通人的七情六欲和缺欠不足他都具有，醉心於將自己神化成偶像者，並不是真正的英雄；偉大即是平凡，平凡之中蘊含著生活的真諦，癡心於處處表現自己偉大不凡者，恰恰是真正的平庸之輩。但是，英雄畢竟不同於普通人，他比普通人能承受更沈重的生活壓迫，能比普通人承擔起更大的生活責任；平凡並不等同於平庸，平凡的行爲是偉大的作爲的量的積澱，偉大則是平凡的最高境界。

正因爲如此，秦歌的紅絲巾才仍然是英雄的旗幟，他以有血有肉的普通人的思想行爲，才能夠使幼稚的田思思加速成爲一個成熟的女性；楊凡雖然不戴紅絲巾，雖然在江湖似乎默默無聞，最終卻能夠調集正義的力量，一舉完成剿滅江湖惡勢力的偉大行動。由此可見，正是古龍對人生的深刻見解，才使得作品中的江湖英雄的形象刻畫不落俗套，作品的思想深度不同凡響。

再次，圍繞著男女主人公的江湖歷險、愛情故事、俠義行爲，作家還描寫了若干男女配角：柳風骨、奇奇、王大娘、張好兒等，通過他們與男女主人公的交往和糾葛，展示人性中的善良與醜惡，揭示生活中的陰險和黑暗。其中，尤以柳風骨的形象令人難忘。小說中出場的第一位江湖大人物就是柳風骨，但他卻戴著死人般無表情的面具，以令人恐怖的「葛先生」的面目出現。他策劃了江湖上最大的陰謀，他導演了一次次對田思思的騙局；他企圖將田思思占爲己有，他更企圖獨霸江湖；他和楊凡是兄弟，那是爲了利用楊凡實施陰謀；他是江南第一名俠，也是邪惡秘密組織「七海」的老大。

明暗兩條懸念「鏈環」

最有諷刺意味的是，柳風骨這個卑鄙下流、奸惡無恥、令田思思怕入骨髓的江湖魔頭，不僅有著江南第一名俠的威譽，還有著「天下第一位有智慧的人」的美名，並且曾經是田思思堅定要嫁的大人物之一！古龍刻畫這樣一個惡魔，除了揭示人性中的醜惡之外，還在於揭露社會生活中的黑暗一隅，以昭示類似田思思式的青年人：生活中不僅有意想不到的愛情，也有意想不到的罪惡。此外，相貌醜陋、心地善良的奇奇，貌美如花、心如蛇蠍的王大娘，裝腔做勢、助紂為虐的張好兒等人物形象，也都被古龍刻畫得栩栩如生，用以表現人性的複雜、生活的複雜。古龍曾指出，他寫作小說的目的，是使讀者在悲歡感動之餘，還能對這世上的人和事看得更深些、更遠些；而《大人物》的內容與思想，確實能達到作家預期的效果。

古龍的作品能夠在「武林文壇」上獨樹一幟，在眾多讀者中膾炙人口、廣泛傳播，除了它所表達的思想意識更貼近現實生活外，他那深厚的藝術功力、高超的敍事技巧，也是使其作品具有長久魅力的關鍵因素。

古龍的小說向以構思奇特、情節變化多端著稱，在某種意義上，可視為中國古代小說創作流派中「傳奇貴幻派」之餘韻。《大人物》的情節發展具有明暗雙線推進的特徵：明線是田思思尋覓江湖英雄秦歌，暗線是楊凡與柳風骨所代表的正、邪秘密組織的較量；以明線奪人眼目，以暗線出人意外。可謂是「明修棧道，暗渡陳倉」。此外，明暗雙線均以眾多懸念的「接力」式組合爲演進動力，形成明暗兩條懸念「鏈環」；明線懸念「鏈環」屬於情感懸念，即田思思是否找到秦歌，是否嫁給秦歌，不嫁秦歌究竟嫁給誰；暗線懸念「鏈環」屬於道德懸念，即楊凡與「葛先生」的善惡身分，楊凡與「葛先生」的真面目，誰是「山流」正義的首領、誰是「七海」邪惡的老大。

明線的懸念「鏈環」貫穿小說始終，直到全書的最後一句話方化解；暗線的懸念「鏈環」在小說進入尾聲時方顯痕跡，在小說結束時突然明朗並立即得到化解。明線懸念「鏈環」初始由秦歌、楊凡明暗兩種色彩「線條」「編織」而成，在小說進入中間階段，明亮的色彩「線條」消失，暗淡的色彩「線條」則持續到結束；暗線懸念「鏈環」卻始終由「葛先生」（柳風骨）和楊凡兩種暗色「線條」「編織」而成，在情節發展過程中，兩種「線條」時明時暗，最後一齊變亮，一齊消失。情節的明暗雙線，及由其構成的明暗兩條懸念「鏈環」，在演進中並非平行發展、互不干擾，而是纏繞在一起，錯綜複雜，曲折有致；時而詭譎，時而驚險，常出人意料之外，卻又均在情理之中；目不暇給，精彩紛呈，充分地滿足了讀者的審美期待。

小說敘事技法之精妙

《大人物》在敘事技法方面，也深得中國古代小說敘事技法之精妙。例如，作家用「正反法」處理相同的故事內容而絕不雷同；用「草蛇灰線法」「編織」懸念「鏈環」而不露聲色；

用「背面鋪粉法」襯托不同人物形象而兩相得宜；用「白描」方法刻畫人物形象而生動傳神，凡此筆法，均顯現出作家在汲取傳統藝術資源方面的努力。

作爲一部武俠小說，武打技擊的描寫是必不可少的。但《大人物》中沒有血腥的廝殺場面，除有幾處描寫使用暗器外，只有〈似真似幻〉和〈請君入棺〉兩章有武打場面描寫；前者是秦歌與少林派高僧交手，招式簡單，並未見血，更無暴力渲染；後者則是楊凡和無色大師交手，沒有正面場景描寫，而是通過不在場的幾個人物揣測、議論來轉述，更是無影無形（至於〈一百另八刀〉中秦歌手刃歹徒的故事，只是兩位少女談話中講述大俠的傳奇經歷，與武打場面描寫無關。）。本書之所以沒有古龍其他作品中獨具特色的武功描寫，既與本書的創作主旨有關，也與本書比較全面地表現古龍在探索時期的創作理念有關。

《大人物》在藝術方面的另外一個特點是善於營造氛圍，這一點同樣是古龍創作理念的具體實踐。例如，古龍以散文詩般的語言營造第一章〈紅絲巾〉和最後一章〈大人物〉的敍事氛圍，前者以短小的句式，強烈的節奏，奪目的色彩，烘托出一種熱血沸騰、壯懷激烈的情緒，使讀者開卷就感受到一種強勁的充滿激情的生命躍動；後者則以舒緩的節奏，抒情的筆調，怡人的春色，渲染出一種生命成熟的沈靜氣質，使讀者有暴風雨過後，萬物生機盎然、沁人心脾的感覺。再如〈鬼屋〉一章對恐怖氣氛的描寫，色彩暗淡，場景詭秘，死寂沈悶，讀之彷彿身臨其境，令人毛髮上指。

其他散見於各章的場面、景物描寫中，還時而可見古典詩詞中的韻味和意境，雖多只三言兩語或只是片斷勾勒，但均是畫龍點睛，生動傳神，既有助於人物的刻畫、情節的鋪墊，也有助於讀者閱讀情緒的投入，更加深刻地理解作品的內容。同時，敍事氛圍的營造成功，更是古龍語言才能的集中表現。

曾有研究者指出：古龍的小說創作大膽恣肆，不守成規，逞才品藻，力求新穎變化，此言信然。同時，筆者也補充一點：古龍能夠成爲「武林文壇」之「禪宗」，看似無法，實則有法，即融合中西文學藝術傳統，百煉出新，最終卓然成家。其中，古龍受西方文學的影響屢被提及，而他對中國傳統文學精華的汲取，似言者不多；而這種汲取，至少在《大人物》中十分明顯。

當然，文學研究從本質上來說乃是一種闡釋學研究，對作品的解讀，正不妨「仁者見仁，智者見智」。筆者籲請廣大讀者在閱讀古龍這位「武林文壇」「大人物」的作品時，除仔細研讀其鴻篇巨製的代表作之外，也勿忽略《大人物》這樣奇趣盎然的「俠義短歌」。

一 紅絲巾

一

這少年手裡握著柄刀，刀柄上的絲巾在風中飛揚。

紅絲巾，紅得像剛升起的太陽。

刀鋒在烈日下閃著光，少年在烈日下流著汗，汗已濕透了他那身黑綢子的衣裳。

他已被包圍，包圍他的人雖然只有四個，但他卻知道這四個人的可怕，他已有好幾次想拋下刀，想放棄抵抗，放棄一切。

他沒有這麼樣做。

因爲他不能辱沒了這柄刀上繫著的紅絲巾，不能辱沒這紅絲巾所象徵的那個人。

繫上這紅絲巾，就表示你決心要奮鬥到底，死也不能在任何人面前示弱！

這紅絲巾的本身彷彿就能帶給人一種不屈不撓的勇氣！

他揮刀，狂呼，衝過去。

鮮紅的絲巾飛舞，比刀光更奪目。

他立刻就聽到刀鋒砍入對方這人骨頭裡的聲音。

這人倒下去，眼珠凸出，還在直勾勾的瞪著這塊鮮紅的絲巾。

他並不是死在這柄刀下，也不是死在這少年的手下的。

要他命的就是這塊紅絲巾，因爲他早已被這塊紅絲巾所象徵的那種勇氣震散了魂魄！

二

這少女斜倚著柴扉，眼波比天上的星光更溫柔。

她拉著他的手，她捨不得放他走。

他腕上繫著的絲巾在晚風中輕拂。

紅絲巾，紅得像情人的心。

夜已深，他的確應該走了，早就應該走了。

他沒有走。

因爲他不能辱沒了手腕上繫著的這塊紅絲巾，你只要繫上這紅絲巾，就不能讓任何少女失望。

這紅絲巾不但象徵著勇氣，也象徵著熱情。火一般的熱情。

他終於湊過去，在她耳旁低語。

他的蜜語比春風更動人。

可是她的眼波卻還是在痴痴的凝注著他腕上的紅絲巾。

他的熱情忽然消失，因爲他忽然發現她愛的也許並不是他這個人，而是他腕上的這塊紅絲巾。

當她拉著他的手，她心裡想著的也許並不是他，而是這紅絲巾象徵的那個人。

也不知有多少少女的心中、夢中都有那個人。

那個人叫秦歌。

三

他洗過澡，挽好髮髻，將指甲修剪得乾乾淨淨，然後才穿上那身新做成的黑綢衣裳，小小心心的在腰上繫起一條紅絲巾。

他不喜歡穿黑綢衣服，也不喜歡鮮紅的絲巾。

可是他不能不這麼樣做。

因爲他若不這麼樣做，就表示他沒有勇氣，沒有熱情。

自從虎丘一戰後，江南的染坊中就不能不將各色各樣的絲巾都染成紅的，因爲所有的少年都要在身上繫一塊紅絲巾。

一個少年身上若沒有繫著塊紅絲巾，簡直就不敢走出門去。

有的人縱已不再少年，若是想學少年、學時髦，也會在身上繫塊紅絲巾，表示自己並不太老，並沒有落伍。

風流的少年將紅絲巾繫在腕上、腰上；勇敢的少年將紅絲巾繫在刀上、劍上，市井中的少年甚至將紅絲巾繫在頭上。

但卻從來沒有人將紅絲巾繫在脖子上。

沒有人敢！

因爲秦歌是將紅絲巾繫在脖子上的。

你若也敢將紅絲巾繫在脖子上，秦歌自己就算不在乎，別的人也會將你這條紅絲巾砍斷，連著脖子一齊砍斷！

你可以學他，可以崇拜他，卻絕不能有絲毫冒犯他。他若喜歡一個人站在橋上靜賞月色，你要賞月色也只能站在橋下。

秦歌就是秦歌，永遠沒有第二個，以後沒有，將來也不會有！

自從虎丘一戰後，秦歌就成了江南每個少男心目中的英雄，每個少女心目中的偶像。

四

秦歌當然是田思思心目中的大人物！

二　一百另八刀

一

田思思斜倚在一張鋪著金絲氈的湘妃竹榻上，窗外濃蔭如蓋。風中帶著荷花的清香，她手裡捧著隻碧玉碗，碗裡是冰鎮過的蓮子湯。

冰是用八百里快馬從關外運來的，「錦繡山莊」中雖也有窖藏的冰雪，但田思思卻喜歡關外運來的冰。

沒有別的理由，只因爲她認爲關外的冰更冷些。

她若認爲月亮是方的，也沒有人反對。

只要田大小姐喜歡，她無論要做什麼事都沒有人敢反對。

這不僅因爲她是世襲鎮遠侯，「中原孟嘗」田白石田二爺的獨生女兒，也因爲她實在是個甜絲絲的人兒。不但人長得甜，說話也甜，笑起來更甜，甜得令任何人都不願，也不忍拒絕她的任何要求。

大家唯一的遺憾是，能見到這位甜人兒的機會太少了。

只有在每年元宵田二爺大放花燈時，她才會在人前露一露面，除此之外，她終年都藏在深閨中，足不出戶，誰也休想一睹她的顏色。

田二爺號稱「中原孟嘗」，當然不是個小氣的人，縱然揮手千金也不會皺一皺眉，但卻絕不肯讓任何人有接近他女兒的機會。

他對他的女兒看得比世上所有的珠寶加起來都珍貴千百倍。

二

蓮子湯已不再涼沁人心，田思思只輕輕啜過一口，就隨手遞給了她的丫鬟田心。

田心不但是她的貼身丫鬟，也是她最好的朋友，唯一的朋友。

若沒有田心，她更不知道要多麼寂寞。

現在田心就坐在她面前一張小板凳上，低著頭在繡花，金爐中燃著的龍涎香已漸漸冷了，風吹竹葉，宛如思春的少女在低訴。

田思思忽然奪過她使女手中的繡花針，帶著三分嬌嗔道：「你別總是低著頭繡花好不好？又沒有人等著你繡花枕頭做嫁妝。」

田心笑了，用一隻白生生的小手輕搥著自己的腰，道：「不繡花幹什麼？」

田思思道：「陪我聊天。」

田心噘起嘴，道：「整天不停的聊，還有什麼好聊的？」

田思思眼波流動，道：「說個故事給我聽。」

「錦繡山莊」終年都有客人，許許多多從四面八方來的客人，田心從他們嘴裡聽到許許多多又可怕、又好聽的故事，然後再回來說給她的小姐聽。

田心道：「這幾天來的客人都是笨蛋，連故事都不會說。只曉得拚命往嘴裡灌酒，就好像生怕喝少了不夠本似的。」

田思思的眸子在發光，卻故意裝得很冷漠的樣子，淡淡地道：「那麼你就將虎丘那一戰的故事再說一遍好了。」

田心道：「那故事我已忘了。」

田思思道：「忘了？那故事你已說了七八遍，怎麼會忽然忘了？」

田心的嘴噘得更高，板著臉道：「那故事我既已說了七八遍，你也不會忘了的。既然沒有忘，爲什麼還要聽？」

田思思的臉紅了起來，跳起來要用針去扎這壞丫頭的嘴。

田心嬌笑著，閃避著，喘著氣告饒，道：「好小姐，你要聽，我就說，只要小姐你高興，我再說一百遍都沒關係。」

田思思這才饒了她，瞪著眼道：「快說，不然小心我扎破你這張小噘嘴。」

田心在板凳上坐直，又故意咳嗽了幾聲，才慢吞吞的說道：「虎丘一戰就是秦歌少俠成名的一戰，七十年來，江湖中從未有任何戰役比這一戰更轟動，也從未有任何戰役比這一戰流的血更多。」

這故事她的確已說過很多次，說起來熟得就好像老學究在背三字經，就算睡著了，都能說得一字不漏。

但田思思卻像是第一次聽到這故事似的，眸子裡的光更亮。

田心道：「那天是五月初五端午節，每年這一天，江南七虎都要在虎丘山上聚會，這七條老虎都不是好老虎，不但吃人，而且不吐骨頭。」

田思思道：「這麼樣說來，別人一定全都很怕他們了？」

田心道：「當然怕，而且怕得厲害，所以大家雖然都很想做打虎的英雄，都知道這一天他們在虎丘，卻從來沒有人敢去找他們的，直到五年前的那一天……」

田思思道：「那天怎麼樣？」

這故事她當然也早就聽熟了，當然知道應該在什麼時候插嘴問一句，才好讓田心接著說下去。

田心道：「那天七隻老虎上山的時候，半路遇到個很漂亮的女孩子，這七隻老虎一看到漂亮女孩子就好像餓狗看到了肉骨頭，不管三七二十一就把這女孩子搶上山去。」

田思思道：「他們不知道這女孩子是誰嗎？」

田心道：「那時他們當然不知道這女孩子是秦歌的心上人，就算知道，他們也不怕，他們誰都不怕，因爲從來就沒有人敢去惹他們。」

田思思道：「但這次他們卻遇見了一個。」

田心道：「那時秦歌還沒有出名，誰也想不到他有那麼大的膽子。他說要上山去打老虎的時候，別人都以爲他吹牛，誰知他竟真的去了。」

田思思道：「他一個人去的？」

田心道：「當然是一個人，他單槍匹馬上了虎丘，找到那七隻老虎，雖然將其中兩隻老虎刺傷，但自己也被老虎刺了一百另八刀。」

田思思道：「一百另八刀？」

田心道：「不多不少，正是一百另八刀，因爲這是老虎的規矩，他們活捉了一個人後，絕不肯痛痛快快的一刀殺死，一定要刺他一百另八刀，讓他慢慢的死。」

田思思嘆了口氣，道：「世上只怕很少有人能捱得了這一百另八刀的。」

田心道：「非但很少，簡直沒有人能捱得了，但我們的秦歌卻硬是咬著牙捱了下來，因爲他不想死，他還想報仇。」

田思思道：「他還敢報仇？」

田心道：「他不但身子像是鐵打的，膽子也像是鐵打的，大家都以爲他這次僥倖逃了活命之後，一定會談虎色變了。」

她也嘆了口氣，才接著說：「誰知第二年他又到了虎丘，又遇到了這七隻老虎。這次，他重傷了其中的四個。」

田思思道：「他自己呢？」

田心嘆道：「他自己又捱了一百另八刀，這次老虎的出手當然更重，但他還是捱了下去，據後來看到他的人說，他捱過這一百另八刀後，身上已沒有一塊完整的地方，流的血已足夠將虎丘山上的石頭全都染紅。」

田思思咬著嘴唇道：「那些老虎爲什麼不索性殺了他？」

田心道：「因爲那是他們的規矩，他們若要刺這個人一百另八刀，就不能少刺一刀，而且第一百另八刀一定要和第一刀同樣輕重，他們從來也沒有想到一個人挨過這一百另八刀後，還能活著，還有膽子敢去找他們報仇。」

田思思道：「但秦歌卻捱了二百一十六刀。」

田心道：「他捱了三百二十四刀。」

田思思道：「爲什麼？」

田心道：「因爲第三年他又去了，又捱了一百另八刀。只不過這次他已傷了七隻老虎的其中五隻。」

田思思道：「遇見這樣的人，他們難道一點也不害怕？為什麼還敢讓他活著？」

田心道：「因為那時他們自己也已騎虎難下，因為那時這件事已經轟動了江湖，已經有很多人專程趕到虎丘山看熱鬧。」

田思思道：「所以他們絕不能刺到第一百另七刀時就讓秦歌死了，刺到第一百另八刀時，也絕不能比第一刀重。」

田心道：「不錯，像他們這種人，無論如何也不能在江湖中人面前丟自己的臉，否則還有誰會像以前那麼樣怕他們？」

田思思道：「但他們其中既已有五個人受了傷，別人為什麼不索性將他們除去了呢？」

田心道：「因為大家全都知道秦歌受了多麼大的罪，忍受了多麼大的痛苦，大家誰都不忍令他功虧一簣，都希望能看到他親手殺了這七隻老虎，而且大家都已知道這第三百二十四刀，已經是最後一刀。」

她眸子裡也發出了光，接著說：「所以當這最後一刀刺下去，秦歌還沒有死的時候，每個人都不禁發出了歡呼。」

田思思道：「那七隻老虎自己難道不知道這已是最後一刀？」

田心道：「他們自己心裡當然也有數，所以第三年他們已找了不少幫手上山，這也是別的人沒有向他們出手的原因。」

田思思道：「第四年呢？」

田心道：「第四年他們找的幫手更多，但就連他們自己的朋友，都不禁對秦歌生出了佩服之心，秦歌向他們出手的時候，竟沒有一個人幫他們的忙。等秦歌將最後一隻老虎殺了時，虎丘山上歡聲雷動，據說十里外都能聽到。」

田思思目光凝注著爐中嬝娜四散的香煙，她彷彿已看到了一個脖子上繫著紅巾的黑衣少年，自煙中慢慢的出現，微笑著接受群豪的歡呼喝采。

田心道：「直到那時，秦歌臉上才第一次露出笑容，他笑得那樣驕傲，又那麼沉痛，因為那時他那心上人已經死了，已看不到這光榮的一天。」

她輕輕嘆息了一聲，道：「自從那一天之後，『鐵人』秦歌的名字就響遍了江湖！」

田思思也輕輕嘆息了一聲，道：「他真是個了不起的大人物。」

田心道：「像他這麼勇敢，這麼多情的人，天下的確很難找得出第二個。」

田思思忽然跳起來，抓住她的手，道：「所以我非嫁給他不可。」

她臉上帶著紅暈，看來又堅決，又興奮，又美麗。

田心卻「噗哧」一聲笑了，道：「你又想嫁給他？你到底想嫁給多少人？」

她扳著指頭，又道：「最早你說一定要嫁給岳環山，然後又說一定要嫁給柳風骨，現在又想嫁給秦歌了，你到底想嫁給誰呢？」

田思思道：「誰最好，我就嫁給誰。」

她眼波流動，紅著臉道：「以你看，這三個人誰最好？」

田心笑道：「我可不知道，這三個人雖然全都是了不起的大人物，我卻連一個都沒有見過。」

她想了想，自己的臉也紅了，輕輕的接著道：「我只知道秦歌既多情又勇敢；柳風骨卻是天下第一位有智慧的人，無論什麼困難，他都有法子解決，而且總令人口服心服，一個女孩子若能嫁給他，這輩子也不算白活了。」

田思思道：「岳環山呢？嫁給他難道就不好？」

田心咬著嘴唇，道：「他不行，據說他的年紀已不比老爺小。」

田思思也咬起了嘴唇，道：「老有什麼關係，只要他最好，就算已經有七十歲，我還是要嫁給他。」

田心忍住笑道：「他若已經有了老婆呢？」

田思思道：「有了老婆也沒關係，我情願做他的小老婆。」

田心終於又忍不住「噗哧」一聲笑了，道：「他們三個若都一樣好呢？你難道就同時嫁給他們三個？」

田思思像是忽然聽不見她說話了，痴痴的發了半天怔，忽又拉起她的手，悄悄道：「你偷偷溜出去，替我買幾身男人穿的衣服來，好不好？」

田心也發怔了，道：「小姐，你要男人穿的衣服幹什麼？」

田思思又出了半天神，才輕輕道：「梁山伯和祝英台的故事你聽過沒有？」

田心笑道：「那本『銀字兒』也是我偷偷拿給你看的，我怎麼會沒聽說過？」

田思思道：「聽說一個女孩子要出門，就得扮成男人才不會被人欺負。」

田心瞪大了眼睛，吃驚道：「小姐你想出門？」

田思思點點頭，咬著嘴唇道：「我要自己去看看，他們三個人究竟是誰好！」

田心再也笑不出來了，吃吃道：「小姐你一定是在開玩笑。」

田思思道：「誰跟你開玩笑，快點去替我把衣服找來。」

田心非但笑不出，簡直想哭出來了，合起雙手，苦著臉道：「好小姐，你饒了我吧，老爺若知道，不打斷我的腿才怪。」

田思思也瞪起了眼，道：「你若不去，我現在就打斷你兩條腿。」

她眼珠一轉，突又笑了，輕輕擰了擰田心的小臉，吃吃的笑著道：「何況，你年紀也已不小，難道就不想到外面去找個好丈夫麼？」

田心也顧不得害臊，跳起來拉住她小姐，道：「你肯帶我一齊去？」

田思思笑道：「當然，我怎能捨得甩下你一個冷冷清清的耽在家裡呢？」

田心已被嚇白了的小臉又漸漸蘋果般發紅，眸子裡又漸漸發了光，瞧著窗外痴痴的出了神。

田思思柔聲道：「外面的世界是那麼美麗，那麼遼闊，尤其是江南，現在更是萬紫千紅，繁花如錦的時候。一個人活著時若不到江南去開開眼界，他這一輩子才真是白活了。」

田心就像是做夢似的，走到窗口，她的神魂似已飛越到江南，那溫柔的流水旁，溫柔的柳條下，正有個溫柔而多情的少年在等著她。

十五、六歲的小姑娘，有哪個不喜歡做夢呢？

田思思道：「快去吧，只要你不說，我不說，老爺絕不會知道的，等我們帶了個稱心如意的女婿回來，他老人家一定喜歡得很。」

田心的心裡面就算已千肯萬肯，嘴裡還是不能不拒絕，拚命搖著頭道：「不行，我還是不敢。」

田思思立刻板起了臉，道：「好，小鬼，你若真敢不聽話，我就把你許配給馬房的王大光。」

用「大光」來形容王大光這個人的臉雖不適合，形容他的頭卻真是再好也沒有。

他的頭看來就像是個剝光了的雞蛋，連一根毛都沒有。

只可惜他的臉卻太不光了，每邊臉上都至少有兩三顆黑麻子，比風乾的橘子皮還麻得厲害。

一想到這個人，田心就要吐，想到要嫁給這樣一個人，她的腿都軟了，幾乎當場跪了下來。

田思思悠然道：「我說過的話就算數，去不去都看你了。」

田心立刻道：「去，去，去，現在就去，卻不知小姐你是想做個雄糾糾、氣昂昂的花木蘭呢？還是做個文質彬彬，風流瀟灑的祝英台？」

三

天青色的軟綢衫，天青色的文士巾，田思思穿在身上，對著化妝台前的銅鏡，顧影自憐，自己也實在對自己很滿意。

她想板起臉，做出一副道貌岸然的樣子來，卻忍不住笑了，嫣然道：「小嘛嘴，你看我現在像不像是個翩翩濁世的佳公子？」

田心也笑了，抿著嘴笑道：「果然是文質彬彬，風流瀟灑，就算潘安再世見了你，也只有乖乖的再躺回棺材裡去。」

田思思卻忽然皺起了眉，道：「現在我只擔心一件事。」

田心道：「什麼事？」

田思思道：「像這樣的男人走到外面去，一定會被許多小姑娘看上的，我還沒找到丈夫，卻有一大堆小姑娘追在後面要嫁給我，那怎麼辦呢？」

田心也皺起了眉，正色道：「這倒真是個大問題，我若不知道你也是個女的，就非嫁給你不可。」

田思思道：「好，我就要你。」她忽然轉過身，張開手，齜著牙道：「來，小寶貝，先讓我抱著親一親。」

田心嚇得尖叫起來，掉頭就跑。

田思思追上去，一把攬住她的腰，道：「你又不願了是不是？不願也不行。」

田心喘著氣，道：「就算要親，也沒有像你這樣子的。」

田思思道：「這樣子有什麼不對？」

田心道：「這樣子太窮兇極惡了，膽小的女孩子不被你活活嚇死才怪。」

田思思自己也忍不住「噗哧」笑了，道：「那要什麼樣子才對呢？」

田心道：「更溫柔些、體貼些，先拉住人家的手，說些深情款款的甜言蜜語，打動人家的心，讓人家自動投懷送抱。」

田思思道：「說些什麼呢？」

田心道：「譬如說，你說你一直很孤獨，很寂寞囉，從來沒有見過像她這麼樣的女孩子囉，自從見到她之後，你才忽然覺得人生變得有意思起來，若沒有她，你一定再也活不下去。」

她話還未說完，田思思已笑彎了腰，道：「這些話肉麻死了，男人怎麼說得出口？」

田心道：「這你就不懂了，小姑娘就喜歡聽肉麻的話，愈肉麻愈好。」

田思思吃吃笑道：「想不到你還蠻有經驗，這種話一定聽人說過不少次了。」

田心臉紅了，噘起嘴，道：「人家說正經的，你卻拿人家開玩笑。」

田思思道：「好，我也問你句正經的。」

田心道：「問什麼？」

田思思眨著眼，道：「我問你，你這小噘嘴到底被人家親過沒有？」

田心已撲到床上，一頭鑽進了被窩，還用兩隻手蒙住耳朵，道：「不要聽，不要聽，這種羞死人的話真虧你怎麼說得出來的。」

田思思的臉也有些紅紅的，幽幽道：「別人像我這樣的年紀，這種事卻不知道做過多少次了，我說說有什麼關係？」

田心道：「聽你說話，別人真很難相信你會是個大門不出，二門不邁的黃花閨女。」

她嘆了口氣，搖著頭又道：「這只能怪老爺不好，爲什麼還沒有替你成親呢？若早有了婆家，你也不會整天的想這些糊塗心思了。」

田思思一甩手，扭過頭，板起臉道：「小鬼，說話愈來愈沒規矩。」

看到小姐真的有點像發脾氣的樣子，田心就軟了，訕訕的走過來，陪著笑道：「剛剛我才聽到一個消息，小姐你想不想聽？」

田思思道：「不想聽。」

田心嘆了口氣，道：「其實那倒真是個大消息，但小姐既然不想聽，我也不敢說。」

田思思咬著嘴唇，憋了半天氣，還是憋不住，恨恨道：「你不敢說，你的膽子呢？」

田心道：「做丫頭的人怎麼能有膽子。」

看到俏丫頭真有點受了委屈的樣子，做小姐的心也軟了，轉過身，一把抱住了田心，道：「你不說，好，我就真的親你，親親你的小噘嘴。」

田心早已笑得連氣都透不過來，道：「好小姐，求求你放手吧，我說……我說……」

她好容易才喘過一口氣，這才悄悄道：「聽說老爺已經有意思把你許配給楊三爺的大公子。」

田思思立刻緊張了起來，道：「哪個楊三爺？」

田心道：「當然是大名府的那位楊三爺。」

田思思怔了半晌，忽然道：「快收拾衣服，我們今天晚上就走。」

田心道：「急什麼？」

田思思道：「聽說楊三叔那個兒子是個怪物，從小就住在和尚廟裡，連廟裡的老和尚都說他是天上的怪物投胎的，這種人我怎麼受得了？」

她忽又道：「還是我來收拾衣服，你去僱輛大車，在後花園的小門外等著。」

田心道：「僱車幹什麼？騎馬不快些麼？」

田思思道：「我們至少有六七口箱子要帶走，不僱車怎麼行？」

田心瞪大眼睛，道：「六七口箱子？小姐你究竟想帶些什麼？」

田思思道：「要帶的東西太多了，譬如說，妝盒，洗臉盆，鏡子，這幾樣東西就得裝一口箱子。我們雖然扮成男人，但總不能不梳頭洗臉吧！」

她眼珠子一轉，又道：「還有被褥、枕頭，也得裝一口箱子，你知道我是從不用別人的東西的——對了，你還是先去把我吃飯用的那些碟子碗筷用軟巾包起來；還有這香爐、棋盤，也得包起來。」

田心聽得眼睛都直了，道：「小姐，你這是在辦嫁妝麼？婆家還沒有找到，就先辦嫁妝，不嫌太早了點嗎？」

三　金絲雀和一群貓

一

田思思道：「不帶這些東西，你難道要我蓋那些臭男人蓋過的被睡覺？用那些臭男人用過的碗吃飯？」

田心忍住笑道：「就算小姐不願用別人的東西，我們在路上也可以買新的。」

田思思道：「買來的也髒。」

田心道：「這些東西難道不是買來的嗎？」

田思思嘛起嘴，道：「我不管，這些東西我非帶走不可，一樣都不少，否則……」

田心嘆了口氣，替她接了下去，道：「否則就把我許配給王大光，是嗎？」

她眼珠子一轉，忽又吃吃笑道：「有個人總說我是小嘛嘴，其實她自己的小嘴比我嘛得還高。」

她說要的東西，就非要不可，你就算說出天大的理由來，她也拿你當放屁。

她可以在一眨眼間跟你翻臉發脾氣，但你再眨眨眼，她說不定已將發脾氣的事忘了，說不定會拉著你的手賠不是。這就是田大小姐的大小姐脾氣。

所以我們的田大小姐就帶著她的洗臉盆、妝盒、鏡子、被褥、枕頭、香爐、棋盤……還有幾十樣你想都想不到的東西，踏上了她的征途。

這是她生平第一次出門。

她的目的地是江南。

因爲她心目中三個大人物都在江南。

但江南究竟是個怎麼樣的地方呢？離她的家究竟有多遠？

這一路上會經過些什麼樣的地方？會遇見些什麼樣的人？

這些人是好人？還是惡人？會對她們怎麼樣？

她們是不是真會遇到一些意外危險？是不是能到達江南？

就算她們能到江南，是不是真能找得到她心目中的那三個大人物？

他們又會怎麼樣對她？

這些事田大小姐全都不管，就好像只要一坐上車，閉起眼，等張開眼來時，就已平安到了江南，那三位大人物正排著隊在等她。

她以爲江湖就像她們家的後花園一樣安全，她以爲江湖中人就像她們家的人一樣，對她百依百順、服服貼貼。

像這麼樣一個女孩子踏入了江湖，你說危險不危險？

她若真能平平安安的到達江南，那才真的是怪事一件。

她在這一路上遇到的事，簡直令人連做夢都想不到，你若一件件去說，也許要說個兩三年。

二

繁星，明月，晚風溫暖而乾燥。

中原標準的好天氣。

車窗開著，道旁的樹木飛一般往後倒退，馬車奔得很急。

田思思就像是一隻已被關了十幾年，剛飛出籠子的金絲雀，飛得離籠子愈遠愈好，愈快愈好。

風從窗子外吹進來，吹在她身上，她興奮得全身都起了雞皮疙瘩，從窗子裡探出頭，看到天上一輪冰盤般的明月，她立刻興奮得叫了起來，就像是平生第一次看到月亮一樣，不停的叫著道：「你看，你看這月亮，美不美？」

田心道：「美，美極了。」

田思思道：「江南的月亮一定比這裡更美，說不定還圓得多。」

田心眨著眼，道：「江南的月亮難道和這裡的不是同一個？」

田思思嘆了口氣，搖著頭道：「你這人簡直連一點詩意都沒有。」

田心凝注著窗外的夜色，深深道：「我倒不想寫詩，我只想寫部書。」

田思思道：「寫書？什麼樣的書？」

田心道：「就像西遊記彈詞那樣的閒書，連書名我都已想出來了。」

田思思笑道：「想不到我們的小嘛嘴還是女才子，你想的是什麼書名，快告訴我。」

田心道：「大小姐南遊記。」

田思思道：「大小姐南遊記？你……你難道是想寫我？」

田心道：「不錯，大小姐就是你，南遊記就是寫我們這一路上發生的事。」

她的臉已因興奮而發紅，接著道：「我想，我們這一路上一定會遇見很多很多有趣的人，發生很多很多有趣的事，我若能全都寫下來，讓別人看看我們的遭遇，那一定更有趣。」

田思思的興趣也被引起來了，拍手道：「好主意，只要你真能寫，寫得好，這本書將來說不定比西遊記還出名。」

她忽又正色道：「可是你絕不能用我們的真名字，免得爹爹看了生氣。」

田心眼珠子轉動著道：「那麼我用什麼名字呢……西遊記寫的是唐僧，我總不能把小姐你寫成尼姑呀……」

田思思笑啐道：「我若是唐僧，你就是孫悟空，我若是尼姑，你就是母猴子。」

她吃吃的笑著又道：「猴子的嘴豈非也都是噘著的。」

田心的嘴果然又噘起來了，道：「孫猴子倒沒關係，但唐僧卻得小心些。」

田思思道：「小心什麼？」

田心道：「小心被人吃了你這身唐僧肉。」

田思思跳起來要去擰她的嘴，忽又坐下來，皺起眉，道：「糟了，糟極了。」

田心也緊張起來，道：「什麼事？」

田思思漲紅了臉，附在她耳旁，悄悄道：「我剛才多喝了碗湯，現在漲得要命。」

田心又好笑，又不好意思笑，咬著嘴唇，道：「怎麼辦呢？總不能在車上……」

田思思道：「我還是忘了件大事，我們應該帶個馬桶出來的。」

田心實在忍不住，已笑彎了腰。

田思思恨恨道：「這有什麼好笑的，你難道就從來不急？」

田心當然也有急的時候，當然也知道那種滋味多要命。

她也不忍再笑了，悄悄道：「路上反正沒有人，又黑，不如叫車伕停下來，就在路旁的樹林子裡……」

田思思「啪」的輕輕給了她一巴掌，道：「小鬼，萬一有人闖過來……」

田心道：「那沒關係，我替你把風。」

田思思拚命搖頭，道：「不行，一千一萬個不行，說什麼都不行。」

田心嘆了口氣，道：「不行那就沒法子，只好憋著點吧。」

田思思已憋得滿臉通紅。

這種事你不去想還好，愈想愈急，愈想愈要命。

田思思忽然大呼，道：「趕車的，你停一停。」

田心掩口笑道：「原來我們的大小姐也有改變主意的時候。」

田思思狠狠瞪了她一眼，忽又道：「我正好也有話要吩咐趕車的。」

田心道：「什麼話？」

田思思搖著頭，喃喃道：「到底是小孩子，做事總沒有大人仔細。」

車一停下，她就跳了下去，大聲道：「趕車的，你過來，我有話說。」

趕車的慢吞吞跳下來，慢吞吞的走過來，一副呆頭呆腦的樣子。

田思思覺得很滿意，她這次行動很秘密，當然希望趕車的愈呆愈好，呆子很少會發現別人的秘密。

但她還是不太放心，還是要問問清楚。因爲她的確是個很有腦筋，而且腦筋很周密的人。

所以她就問道：「你認不認得我們？知不知道我們是誰？」

趕車的直著眼搖頭道：「不認得，不知道。」

田思思道：「你知不知道我們剛剛是從什麼地方走過來的？」

趕車的道：「俺又不是呆子，怎麼會不知道？」

田思思已有點緊張，道：「你知道？」

趕車的道：「當然是從門裡面走出來的。」

田思思暗中鬆了口氣，道：「你知不知道那是誰家的門？」

趕車的道：「不知道。」

田思思道：「你知不知道我們要到什麼地方去？」

趕車的道：「不知道。」

田思思眼珠子一轉，忽又問道：「你看我們是男的？還是女的？」

趕車的笑了，露出一口黃板牙，道：「兩位若是女的，俺豈非也變成母的了。」

田思思也笑了，覺得更滿意，道：「我們想到附近走走，你在這裡等著，不能走開。」

趕車的笑道：「兩位車錢還沒有付，殺了俺，俺也不走。」

田思思點頭道：「對，走了就沒車錢，不走就有賞。」

趕車的往腰帶上抽出旱煙，索性坐在地上抽起煙來。

田思思這才覺得完全放心，一放心，立刻就又想到那件事了。

一想到那件事，就片刻再也忍耐不得，拉著田心就往樹林子鑽。

樹林裡並不太暗，但的確連個鬼影子都沒有。

田心悄聲道：「就在這裡吧，沒有人看見，我們不能走得太遠。」

田思思道：「不行，這裡不行，那趕車的是個呆子，用不著擔心他。」

每個人都認爲愈暗的地方愈安全，這也是人們心理上的弱點。

田思思找了個最暗的地方，悄悄道：「你留意看看，一有人來就叫。」

田心不說話，吃吃的笑。

田思思瞪眼道：「小鬼，笑什麼，沒見過人小便嗎？」

田心笑道：「我不是笑這個，只不過在想，這裡雖不會有人來，但萬一有條蛇……」

田思思跳起來，臉都嚇白了，跳過去想找個東西塞她的嘴。

田心告饒，田思思不依，兩個人又叫又笑又吵又鬧，樹林外的車輛馬嘶聲，她們一點也沒聽到。

等她們吵完了，走出樹林，那趕車的「呆子」早已連人帶車走得連影子都瞧不見了。

田思思怔住。

田心也怔住。

兩個人你看我，我看你，怔了很久，田心才長長嘆了口氣，道：「我們把人家當做呆子，卻不知人家也把我們當呆子，我們是真呆，人家卻是假呆。」

田思思咬著牙，氣得連話都說不出了。

田心道：「現在我們該怎麼辦呢？」

田思思道：「無論怎麼辦，我絕不會回家。」

她忽又問道：「你有沒有把我們的首飾帶出來？」

田心點點頭。

田思思跺腳道：「我們剛才若將那個小包袱帶下車來就好了。」

田心忽然從背後拿出了包袱，道：「你看這是什麼？」

田思思立刻高興得跳了起來，道：「我早就知道你這小嘶嘴是個鬼靈精。」

田心卻又嘆了口氣，喃喃道：「倒底是小孩子，做事總不如大人仔細。」

路上並不黑，有星有月。

兩個人逍遙自在的走著，就好像在閒遊似的，方才滿肚子的怒氣，現在好像早就忘了。

田思思笑道：「東西失了，反倒輕鬆愉快。」

田心眨著眼，道：「你不怕蓋那些臭男人蓋過的被了？」

田思思道：「怕什麼，最多買床新的就是，我那床被反正也是買來的。」

田心忍不住笑道：「我們這位大小姐雖然脾氣有點怪，總算還想得開，只不過又有點健忘而已，自己說過的話，自己一轉頭就忘了。」

田思思瞪了她一眼，忽又皺眉道：「有件事我一直覺得很奇怪。」

田心道：「什麼事？」

田思思道：「那趕車的還沒拿車錢，怎麼肯走呢？」

田心又怔住，怔了半天，才點著頭道：「是呀，這點我怎麼沒想到呢？」

田思思忽又「啪」的輕輕給了她一巴掌，道：「小呆子，他當然知道我們車上的東西很值錢，就算買輛車也足足有餘。」

田心道：「哎呀，小姐你真是個天才，居然連這麼複雜的問題都想得通，我真佩服你。」

大小姐畢竟是大小姐。

大小姐的想法有時不但要人啼笑皆非，而且還得流鼻涕。

三

天亮了。

雞在叫，她們的肚子也在叫。

田思思喃喃道：「奇怪，一個人的肚子為什麼會『咕咕』的響呢？」

田心道：「肚子餓了就會響。」

田思思道：「為什麼肚子餓了就會響？」

田心沒法子回答了，大小姐問的話，常常都叫人沒法子回答。

田思思嘆了口氣，道：「想不到一個人肚子餓了會這麼難受。」

田心道：「你從來沒餓過？」

田思思道：「有幾次我中飯不想吃，到了下午，就覺得已經快餓瘋了，現在才知道，那時候根本不算是餓。」

田心笑道：「你不是總在說，一個人活在世上，什麼樣的滋味都要嚐嚐嗎？」

田思思道：「但餓的滋味我已經嚐夠了，現在我只想吃一塊四四方方、紅裡透亮、用文火燉得爛爛的紅燒肉。」

田心道：「那麼你只好回家去吃吧。」

田思思道：「外面連紅燒肉都沒得買？」

田心道：「至少現在沒有，這時候飯館都還沒有開門。」

她想了想，又道：「聽說有種茶館是早上就開門的，也有吃的東西賣，這種茶館大多數開在菜市附近。」

田思思拍手笑道：「好極了，我早就想到菜市去瞧瞧了。還有茶館，聽說江湖中有很多事，都是在茶館裡發生的。」

田心道：「不錯，那種地方什麼樣的人都有，尤其是騙子更多。」

田思思笑了，道：「只要我們稍微提防著些，有誰能騙得到我們，我們不去騙人家，已經算是不錯的了。」

這城裡當然有菜市，菜市旁當然有茶館，茶館裡當然有各色各樣的人，流氓和騙子當然不少。

大肉麵是用海碗裝著的，寸把寬的刀削麵，湯裡帶著厚厚的一層油，一塊肉足足有五六兩。

在這種地方吃東西，講究的是經濟實惠，味道好不好，根本就沒有人計較。

這種麵平日裡大小姐連筷子都不會去碰的，但今天她一口氣就吃了大半碗，連那塊肉都報銷得乾乾淨淨。

田心瞅著她，忍住了笑道：「這碗和筷子都是臭男人吃過的，你怎麼也敢用？」

田思思怔了怔，失笑道：「我忘了，原來一個人肚子餓了時，什麼事都會忘的。」

她放下筷子，才發現茶館裡每個人都在瞪大了眼睛瞧著她們，就好像拿她們當做什麼怪物似的。

田思思摸了摸臉，悄悄道：「我臉上是不是很髒？」

田心道：「一點也不髒呀。」

田思思道：「那麼這些人爲什麼老是窮瞪著我？」

田心笑道：「也許他們是想替女兒找女婿吧。」

她手裡始終緊緊抓住那包袱，就連吃麵的時候手都不肯鬆開。

田思思忽然道：「鬆開手，把包袱放在桌上。」

田心道：「爲什麼？」

田思思道：「出門在外，千萬要記住『財不可露眼』，你這樣緊緊的抓著，別人一看就知道包袱裡是很値錢的東西，少不了就要來打主意了。你若裝得滿不在乎的樣子，別人才不會注意。」

田心抿嘴吃吃笑道：「想不到小姐居然還是個老江湖。」

田思思瞪眼睛道：「誰是小姐？」

田心道：「是少爺。」

她剛把包袱放在桌上，就看見一個人走過來，向她們拱了拱手，道：「兩位早。」

這人外表並不高明，甚至有點獐頭鼠目，一看就知道不是什麼好東西。

田思思本不想理他的，但爲了要表現「老江湖」的風度，也站起來拱了拱手，道：「早。」

這人居然就坐了下來，笑道：「看樣子兩位是第一次到這裡來的吧？」

田思思淡淡道：「已經來過好幾次了，城裡什麼地方我都熟得很。」

這人道：「兄台既然也是外面跑跑的，想必曉得城裡的趙老大趙大哥。」

聽他的口氣，這位趙大哥在城裡顯然是響噹噹的人物。若不認得這種人，就不是老江湖了。

田思思道：「談不上很熟，只不過同桌吃了幾次飯而已。」

這人立刻笑道：「這麼樣說來，大家就都是一家人了，在下鐵胳膊，也是趙老大的小兄弟。」

他忽然壓低語聲，道：「既然是一家人，有句話我就不能不說。」

田思思道：「只管說。」

鐵胳膊道：「這地方雜得很，什麼樣的壞人都有，兩位這包袱裡若有值錢的東西，還是小心些好。」

田心剛想伸手去抓包袱，田思思就瞪了她一眼，淡淡的道：「這包袱裡也不過只是幾件換洗的衣裳而已，用不著小心。」

鐵胳膊笑了笑，悄悄的站起來，道：「在下是一番好意，兩位……」

他忽然一把搶過包袱，掉頭就跑。

田思思冷笑，看這人腿上的功夫，就算讓他先跑五十尺，她照樣一縱身就能將他抓回來。

大小姐並不是那種弱不禁風的女人，有一次在錦繡山莊的武場裡，她三五招就將京城一位很有名的鏢頭打得躺下了。

據那位鏢頭說，田大小姐的武功，在江湖中已可算是一等一的身手，就連江湖最有名的女俠「玉蘭花」都未必比得上。

只可惜這次大小姐還沒有機會露一手，鐵胳膊還沒有跑出門，就被一條威風凜凜、臉上帶著條刀疤的大漢擋住，伸手就給了他個大耳光，厲聲道：「沒出息的東西，還不把東西給人家送了回去。」

鐵胳膊非但不敢還手，連哼都不敢哼，手撫著臉，垂著頭，乖乖的把包袱送了回來。

那大漢也走過來，抱拳道：「俺姓趙，這是俺的小兄弟，這兩天窮瘋了，所以才做出這種丟人的事。兩位要打要罰，但憑尊便。」

田思思覺得這人不但很夠江湖義氣，而且氣派也不錯，展顏笑道：「多謝朋友相助，東西既然沒有丟，也就算了，兄台何必再提。」

那大漢這才瞪了鐵胳膊一眼，道：「既然如此，還不快謝謝這位公子的高義。」

田思思忽又道：「兄台既然姓趙，莫非竟是城裡的趙大哥？」

大漢道：「不敢當。」

田思思道：「久仰大名，快請坐下。」

趙老大揮揮手，道：「這桌上的帳俺付了。」

田思思道：「那怎麼行，這次一定由我作東。」

她抓過包袱，想掏銀子付帳，掏出來的卻是隻鑲滿了珍珠的珠花蝴蝶——這包袱裡根本就沒有銀子。

趙老大的眼睛立刻發直，壓低聲音，道：「這種東西不能拿來付帳的，兄弟你若是等著銀子用，大哥我可以帶你去換，價錢包保公道。」

他拍了拍胸脯，又道：「不是俺吹牛，城裡的人絕沒有一個敢要趙老大的朋友吃虧的。」

田思思遲疑著，正想說「好」，忽然又看到一個長衫佩劍的中年人走過來，瞪著趙老大，沉著臉道：「刀疤老六，是不是又想打著我的字號在外面招搖撞騙了？」

這趙老大立刻站起來，躬身陪笑道：「小的不敢，趙大爺你好……」

話未說完，已一溜煙逃得蹤影不見。

田思思看得眼睛發直，還沒有弄懂這是怎麼回事，這長衫佩劍的中年人已向她們拱拱手，道：「在下姓趙，草字勞達，蒙城裡的朋友抬愛，稱我一聲老大，其實我是萬萬當不起的。」

田思思這才明白了，原來這人才是真的趙老大，剛才那人是冒牌的。

趙老大又道：「刀疤老六是城裡有名的騙子，時常假冒我的名在外面行騙，兩位方才只怕險些就要上了他的當了。」

田思思的臉紅了紅，道：「但方才在下的包袱被人搶走，的確是他奪回來的。」

趙老大笑了道：「那鐵胳膊本是和他串通好了的，故意演出這齣戲，好教兩位信任他，他才好向兩位下手行騙。」

他又笑了笑，接著道：「其實無論誰都可看出，兩位目中神光充足，身手必定不弱，憑鐵胳膊那點本事，怎麼逃得出兩位手掌？」

田思思暗中嘆了口氣，這才叫：不經一事，不長一智。

但她心裡又不禁覺得很高興，忍不住道：「你真能看得出我會武功？」

趙老大笑道：「非但會武功，而且還必定是位高手，所以在下才存心想結交兩位這樣的朋友，否則也未必會管這趟閒事。」

田思思心裡覺得愉快極了，想到自己一出門就能結交這樣的江湖好漢，立刻拱手道：「請，請坐，請坐下來說話。」

趙老大道：「這裡太亂，不是說話之地，兩位若不嫌棄，就請到舍下一敘如何？」

趙老大的氣派並不大，只不過佔了一個大雜院裡的兩間小房子。房裡的陳設也很簡單，和他的衣著顯得有點不稱。

田思思非但不覺得奇怪，還認爲這是理所當然的。

像趙老大這樣的江湖好漢，就算有了銀子，也是大把的拿出去結交朋友，當然，絕不會留下來給自己享受。

像這樣的人，當然也不會有家眷。

趙老大道：「兩位若是沒什麼重要的事，千萬要在這裡待兩天，待我將城裡的好朋友全都帶來給兩位引見引見。」

田思思大喜道：「好極了，小弟這次出門，就爲的是想交朋友。」

田心忍不住插口道：「只不過這樣豈非太麻煩趙大爺了麼？」

田思思瞪了她一眼，道：「趙大哥這樣的人面前，咱們若太客氣，反而顯得不夠朋友了。」

趙老大拊掌笑道：「對了，兄台果然是個豪爽的男兒，要這樣才不愧是我的好兄弟。」

「豪爽男兒」、「好兄弟」，這兩句話真將田思思說得心花怒放。

就連趙老大這樣的人都看不出她是女扮男裝，還有誰看得出？

她忍不住暗暗佩服自己，好像天生就是出來闖江湖的材料，第一次扮男人就扮得如此唯妙唯肖。

趙老大又道：「兄弟，你若有什麼需要，只管對大哥說，對了，我還得去拿點銀子來，給兄弟你帶在身上，若有什麼使用也方便些。」

田思思道：「不必了，我這裡還有些首飾……」

她的臉紅了紅，立刻接著道：「是我妹妹的首飾，還可以換點銀子。」

趙老大正色道：「兄弟你這就不對了，剛說過不客氣，怎麼又客氣起來，我這就去兌銀子，帶買酒，回來和兄弟你痛飲一場。」

他不等田思思說話，就走了出去，忽又回轉頭，從袋裡摸出個鑰匙，打開床邊的一個櫃子，道：「這麼重要的東西帶在身上總不方便，就鎖在這櫃子裡吧，咱們雖不怕別人打主意，能小心些總是小心些好。」

他事事都想得這麼周到，把包袱鎖在櫃子裡後，還把鑰匙交給田心，又笑道：「這位小管家做事很仔細，鑰匙就交給他保管吧。」

田思思反倒覺得有點不好意思，田心已趕緊將鑰匙收了下來，等趙老大一出門，田心忍不住悄悄道：「我看這趙老大也不是什麼好東西，也不知究竟在打什麼主意？」

田思思笑道：「你這小鬼疑心病倒真不小，人家將自己的屋子讓給我們，又去拿銀子給我們，這樣的好人哪裡去找？」

田心道：「但我們的包袱……」

田思思道：「包袱就鎖在這櫃子裡，鑰匙就在你身上，你還不放心嗎？」

田心噘起嘴，不說話了。

田思思也不理她，負手走了出去，才發現這院子裡一共住著十來戶人家，竹竿上曬滿了各色各樣的衣服，沒有一件是新的。

住在這裡的人，環境顯然都不太好。

現在還沒到正午，有幾個人正在院子那邊耍石鎖，翻跟斗，其中還有兩個梳著辮子的姑娘。

田思思知道這些人一定是走江湖，練把式賣藝的。

還有那個瞎了眼的老頭子，正在拉胡琴，一個大姑娘垂頭站在旁邊，偷偷的在手裡玩著幾顆相思豆。

老頭子當然是賣藝的。

大姑娘手裡在玩相思豆，莫非也已動了春心？這幾顆相思豆莫非是她的情人偷偷送給她的？

田思思不禁笑了。

大姑娘眼睛一瞟，向她翻了個白眼，又垂下頭，把相思豆藏入懷裡。

「這大姑娘莫非看上了我？不願我知道她有情人，所以才將相思豆藏起來？」

田思思立刻不敢往那邊看了，她雖然覺得有趣，卻不想惹這種麻煩。

院子裡有幾個流著鼻涕的小孩子，正在用泥土堆城牆。

一個大肚子的少婦正在起火，眼睛都被煙燻紅了，不停的流淚。看她的肚子，至少已有八九個月的身孕，孩子隨時都可能生下來。

她婆婆還在旁邊嘮叨，說她懶，卻又摸出塊手帕去替她擦臉。

田思思心裡充滿了溫暖。

她覺得這才是真真實實的人生。她從未如此接近過人生。

她突然對那大肚子的少婦很羨慕——她雖然沒有珠寶，沒有首飾，沒有從京城裡帶來的花粉，沒有五錢銀子一尺的緞子衣裙；但她有她自己的生活，有愛，她生命中已有了新的生命。

「一個人若總是耽在後花園裡，看雲來雲去，花開花落，她雖然有最好的享受，但和隻被養在籠子裡的金絲雀又有什麼分別呢？」

田思思嘆了口氣，只恨自己爲什麼不早有勇氣逃出籠子。

她決定要把握住這機會，好好的享受人生。

火已燃著，爐子上已燒了鍋飯。

琴聲已停止，那拉琴的老人正在抽著管旱煙，大姑娘正在爲他輕輕搥背。

田心忽然走出去，悄悄道：「趙老大怎麼到現在還沒有回來？」

田思思道：「也許他手頭並不方便，還得到處去張羅銀子。」

田心道：「我只怕他溜了。」

田思思瞪眼道：「人家又沒有騙走我們一文錢，爲什麼要溜？」

田心又噘起嘴，扭頭走回屋子去。

鍋裡的飯熟了，飯香將一個黝黑的小夥子引了回來。

他滿身都是汗，顯然剛做過一上午的苦工。

那大肚子的少婦立刻迎上去，替他擦汗。小夥子輕輕拍了拍她肚子，在她耳旁悄悄說了句話，少婦給了他個白眼，小倆口子都笑了起來。

兩條狗在院子裡搶屎吃。

玩得滿身是泥的孩子們，都已被母親喊了回去打屁股。

趙老大還沒有回來。

田思思正也覺得有些不耐煩了，田心忽然從屋子裡衝出。

看她的樣子，就好像被火燒著尾巴似的，不停的跺腳道：「糟了，糟了……」

田思思皺眉道：「什麼事大驚小怪的，難道你也急了麼？這裡有茅房呀。」

田心道：「不是……不是……我們的包袱……」

田思思道：「包袱不是鎖在櫃子裡麼？」

田心拚命搖頭，道：「沒有，櫃子裡是空的，什麼都沒有。」

田思思道：「胡說，我明明親手將包袱放進去的。」

田心道：「現在卻不見了，我剛才不放心，打開櫃子一看才知道……」

田思思也急了，衝進屋子，櫃子果然是空的。

包袱到哪裡去了？難道它自己能長出翅膀從鎖著的櫃子裡飛出去？

田心喘著氣，道：「這櫃子只有三面，牆上有個洞，趙老大一定從外面的洞裡將包袱偷了出去，我早就看出他不是好東西。」

田思思跺了跺腳，衝出去。

別的人都回屋吃飯，只有那幾個練石鎖的小夥子還在院子裡，從井裡打水洗臉。

田思思衝過去，道：「趙老大呢？你們知不知道他在哪裡？」

小夥子面面相覷，道：「趙老大是誰？我們不認得他。」

田思思道：「就是住在那邊屋裡的人，是你們的鄰居，你們怎麼會不認得？」

四　優雅的王大娘

小夥子道：「那兩間屋子已空了半個月，今天早上才有人搬進來，只付了半個月的房錢，我們怎麼會認得他是老幾？」

田思思又怔住。田心也怔住。

忽聽一人道：「剛才好像有人在問趙老大哥，是哪一位？」

這人剛從外面走過來，手裡提著條鞭子，好像是個車把式。

田思思立刻迎上去，道：「是我在問，你認得他？」

這人點點頭道：「當然認得，城裡的人，只要是在外面跑跑的，誰不認得趙老大？」

田思思大聲道：「你能不能帶我們去找他？」

這人上上下下打量了他兩眼，道：「你們是……」

田思思道：「我們都是他的好朋友。」

這人立刻笑道：「既然是趙大哥的朋友，還有什麼話說，快請上我的車，我拉你們去。」

馬車在一棟很破舊的屋子前停下，那車把式道：「趙大哥正陪一位從縣城裡來的兄弟喝酒，就在屋裡，我還有事，不陪你們了。」

田思思「謝」字都來不及說，就衝了進去。她生怕又被趙老大溜了。

這位大小姐從來也沒有如此生氣過，發誓只要一見著趙老大，至少也得給他十七八個耳刮子。

屋子裡果然有兩個人在喝酒，一個臉色又黃又瘦，像是得了大病還沒好；另一個卻是條精神抖擻、滿面虬髯的彪形大漢。

田思思大聲道：「趙老大在哪裡?快叫他出來見我。」

那滿面病容的人斜著眼瞟了瞟她，道：「你找趙老大幹什麼?」

田思思道：「當然有事，很要緊的事。」

這人拿起酒杯，喝了口酒，冷冷道：「有什麼事就跟我說吧，我就是趙老大。」

田思思愕然道：「你是趙老大?我找的不是你。」

那虬髯大漢笑了，道：「趙老大只有這一個，附近八百里內找不出第二位來。」

田思思的臉一下子就變白了，難道那長衫佩劍的「趙老大」，也是個冒牌的假貨了?

那滿面病容的人又喝了口酒，淡淡道：「看樣子這位朋友必定是遇見『錢一套』了，前兩個月我就聽說他常冒我的名在外面招搖撞騙，我早就應給他個教訓，只可惜一直沒找著他。」

田思思忍不住問道：「錢一套是誰？」

趙老大道：「你遇見的是不是一個穿著綢子長衫，腰裡佩著劍，打扮得很氣派，差不多有四十多歲年紀的人？」

田思思道：「一點也不錯。」

虬髯大漢笑道：「那就是錢一套，他全部家產就只有這麼樣一套穿出來充殼子騙人的衣服，所以叫做錢一套。」

趙老大道：「他衣裳唯只有一套，騙人的花樣卻不只一套，我看這位朋友想必一定也是受了他的騙了。」

田思思咬著牙，道：「這姓錢的可不知兩位能不能幫我找到他？」

趙老大道：「這人很狡猾，而且這兩天一定躲起來避風頭去了，要找他，也得過兩天。」

他忽然笑了笑，又道：「你們帶的行李是不是已全被他騙光了？」

田思思臉紅了，勉強點了點頭。

趙老大道：「你們是第一次到這裡來？」

田思思只好又點了點頭。

趙老大道：「那全都沒關係，我可以先替你們安排個住的地方，讓你們安心的等著，六七天之內，我一定負責替你們把錢一套找出來。」

田思思紅著臉，道：「那……那怎麼好意思？」

趙老大慨然道：「沒什麼不好意思的，常言道，在家靠父母，出門靠朋友，你們肯來找我，已經是給我面子了。」

這人長得雖然像是個病鬼，卻的確是個很夠義氣的江湖好漢。

田思思又是慚愧，又是感激，索性也做出很大方的樣子，道：「既然如此，小弟就恭敬不如從命了。」

虬髯大漢忽又上上下下瞧了她兩眼，帶著笑道：「我看不如就把她們兩位請到王大娘那裡去住吧，那裡都是女人，也方便些。」

田思思怔了怔，道：「全是女人？那怎麼行，我們……我們……」

虬髯大漢笑道：「你們難道不是女人？」

田思思臉更紅，回頭去看田心。

田心做了個無可奈何的表情，田思思只好嘆了口氣，苦笑道：「想不到你們的眼力這麼好……」

虬髯大漢道：「倒不是我們的眼力好……」

他笑了笑，一句話保留了幾分。

田思思卻追問道：「不是你們的眼力好是什麼，難道我們扮得不像？」

趙老大也忍不住笑了笑，道：「像兩位這樣子女扮男裝，若還有人看不出你們是女人的話，那人想必一定是個瞎子。」

田思思怔了半晌，道：「這麼樣說來，難道那姓錢的也已看出來了？」

趙老大淡淡道：「錢一套不是瞎子。」

田思思又怔了半晌，忽然將頭上戴的文士巾重重往地下一摜，冷笑道：「女人就女人，我遲早總要那姓錢的知道，女人也不是好欺負的。」

於是我們的田大小姐又恢復了女人的面目。

所以她的麻煩就愈來愈多了。

二

王大娘也是個女人。

女人有很多種，王大娘也許就是其中很特別的一種。

她特別得簡直要你做夢都想不到。

王大娘的家在一條很安靜的巷子裡，兩邊高牆遮住了日色，一枚紅杏斜斜的探出牆外。

已過了正午，朱紅的大門還是關得很緊，門裡聽不到人聲。

只看這大門，無論誰都可以看出王大娘的氣派必定不小。

田思思似乎覺得有點喜出望外，忍不住問道：「你想王大娘真的會肯讓我們住在這裡？」

趙老大點點頭，道：「你放心，王大娘不但是我的老朋友，也是我的好朋友。」

田思思道：「她……她是個怎麼樣的人？」

趙老大道：「她爲人當然不錯，只不過脾氣有點古怪。」

田思思道：「怎麼樣古怪？」

趙老大道：「只要你肯聽她的話，她什麼事都可以答應你，你住在這裡，一定比住在自己家裡還舒服。但你若想在她面前搗亂，就一定會後悔莫及。」

他說話時神情很慎重，彷彿要嚇嚇田思思。

田思思反而笑了，道：「這種脾氣其實也不能算古怪，我也不喜歡別人在我面前搗亂的。」

趙老大笑道：「這樣最好，看樣子你們一定會合得來的。」

他走過去敲門，道：「我先進去說一聲，你們在外面等等。」

居然叫田大小姐在門口等等，這簡直是種侮辱。

田心以爲大小姐一定會發脾氣的，誰知她居然忍耐下去了，她出門只不過才一天還不到，就似乎已改變了不少。

敲了半天門，裡面才有回應。

一人帶著滿肚子不耐煩，在門裡道：「七早八早的，到這裡來幹什麼，難道連天黑都等不及嗎？」

趙老大居然陪著笑道：「是我，趙老大。」

門這才開了一線。

一個蓬頭散髮的小姑娘，探出半個頭，剛瞪起眼，還沒有開口，趙老大就湊了過去，在她耳畔悄悄說了兩句話。

這小姑娘眼珠子一轉，上上下下的打量了田思思幾眼，這才點點頭，道：「好，你進來吧，腳步放輕點，姑娘們都還沒起來，你若吵醒了她們，小心王大娘剝你的皮。」

等他們走進去，田思思就忍不住向田心笑道：「看來這裡的小姑娘比你還懶，太陽已經曬到腳後跟，她們居然還沒有起來。」

虬髯大漢不但眼尖，耳朵也尖，立刻笑道：「由此可見王大娘對她們多體貼，你們能住到這裡來，可真是福氣。」

田心眨著眼，忽然搶著道：「住在這裡的，不知都是王大娘的什麼人？」

虬髯大漢摸了摸鬍子，道：「大部份都是王大娘的乾女兒——王大娘的乾女兒無論走到哪裡，都不會有人敢欺負她的。」

田思思笑道：「我倒不想做她的乾女兒，只不過這樣的朋友我倒想交一交。」

虬髯大漢道：「是是是，王大娘也最喜歡交朋友，簡直就跟田白石田二爺一樣，是位女孟嘗。」

田思思和田心對望了一眼，兩個人抿嘴一笑，都不說話了。

這時趙老大已興高采烈的走了出來，滿面喜色，道：「王大娘已答應了，就請兩位進去相見。」

一個長身玉立的中年美婦人站在門口，臉上雖也帶著笑容，但一雙鳳眼看來還是很有威嚴，仔細盯了田思思幾眼，道：「就是這兩位小妹妹嗎？」

趙老大道：「就是她們。」

中年美婦點了點頭，道：「看來倒還標緻秀氣，想必也是好人家的女兒，大娘絕不會看不中的。」

趙老大笑道：「若是那些邋裡邋遢的野丫頭，我也不敢往這裡帶。」

中年美婦道：「好，我帶她們進去，這裡沒你的事了，你放心回去吧。」

趙老大笑得更愉快，打躬道：「是，我當然放心，放心得很。」

田思思愕然道：「你不陪我們進去？」

趙老大笑道：「我已跟王大娘說過，你只要在這裡放心耽著，一有消息，我就會來通知你們。」

他和那虯髯大漢打了個招呼，再也不說第二句話，田思思還想再問清楚些，他們卻已走遠了。

那中年美婦正在向她招手，田思思想了想，終於拉著田心走進去。門立刻關起，好像一走進這門就再難出去。

中年美婦卻笑得更溫柔，道：「你們初到這裡，也許會覺得有點不習慣，但耽得久了，就會愈來愈喜歡這地方的。」

田心又搶著道：「我倒恐怕不會在這裡耽太久，最多也不過五六天而已。」

中年美婦好像根本沒聽見她在說什麼，又道：「這裡一共有二十多位姑娘，大家都像是姐妹一樣，我姓梅，大家都叫我梅姐，你們無論有什麼大大小小的事，都可以來找我。」

田心又想搶著說話，田思思卻瞪了她一眼，自己搶著笑道：「這地方很好，也很安靜，我們一定會喜歡這地方的，用不著梅姐你操心。」

這地方的確美麗而安靜，走過前面一重院子，穿過迴廊，就是很大的花園，萬紫千紅，鳥語花香，比起「錦繡山莊」的花園也毫不遜色。

花園裡有很多棟小小的樓台，紅欄綠瓦，珠簾平捲，有幾個嬌慵的少女正站在窗前，手挽著髮髻，懶懶的朝著滿園花香發呆。

這些少女都很美麗，穿的衣服都很華貴，只不過每個人看起來都很疲倦，彷彿終日睡眠不足的樣子。

三兩隻蝴蝶在花叢中飛來飛去。一條大花貓蜷曲在屋角曬太陽。簷下的鳥籠裡，有一雙金絲雀正在蜜語啁啾。

她們走進這花園，人也不關心，貓也不關心，蝴蝶也不關心，金絲雀也不關心。在這花園裡，彷彿誰也不關心別人。

田思思不禁想起了自己在家裡的生活，忍不住又道：「這地方什麼都好，只不過好像太安靜了些。」

梅姐笑道：「你喜歡熱鬧？」

田思思道：「太安靜了，就會胡思亂想，我不喜歡胡思亂想。」

梅姐笑道：「那更好，這裡現在雖然安靜，但一到晚上就熱鬧了起來，無論你喜歡安靜也好，喜歡熱鬧也好，在這裡都不會覺得日子難過的。」

田思思往樓上瞟了一眼，道：「這些姑娘好像都不是喜歡熱鬧的人。」

梅姐道：「她們都是夜貓子，現在雖然沒精打采，但一到晚上，立刻就會變得生龍活虎一樣，有時簡直鬧得叫人吃不消。」

田思思也笑了，道：「我不怕鬧，有時候我也會鬧，鬧得人頭大如斗，你不信可以問問她。」

田心噘著嘴，道：「問我幹什麼？我反正什麼都不懂，什麼都不知道。」

梅姐淡淡笑道：「這位小妹妹好像不太喜歡這地方，但我可以保證，以後她一定會慢慢喜歡的。」

她的笑臉雖溫暖如春風，但一雙眼睛卻冷厲如秋霜。

田心本來還想說話，無意間觸及了她的目光，心裡立刻升起了一股寒意，竟連話都說不出了。

她們走過小橋。

小橋旁，山石後，一座小樓裡，忽然傳出了一陣悲呼：「我受不了，實在受不了……我不想活了，你們讓我死吧。」

一個披頭散髮，滿面淚痕的女孩子，尖叫著從小樓中衝出來，身上穿的水紅袍子，已有些地方被撕破。

沒有人理她，站在窗口的那些姑娘們甚至連看都沒有往這邊看一眼。

只有梅姐過去，輕輕攬住了她的腰，在她耳畔輕輕說了兩句話。

這女孩子本來又叫又跳，但忽然間就乖得像是隻小貓似的，垂著頭，慢慢的走回了她的窠。

梅姐的笑臉還是那麼溫柔，就好像根本沒有任何事發生過。

而田思思卻忍不住問道：「那位姑娘怎麼樣了？」

梅姐嘆了口氣，道：「她還沒有到這裡來以前，就受過很大的刺激，所以時常都會發發瘋病，我們也見慣了。」

若不是已看慣了，怎會沒有人關心呢？

田思思又問道：「卻不知她以前受過什麼樣的刺激？」

梅姐道：「我們都不太清楚，也不忍問她，免得觸動她的心病；只不過聽說她以前好像是被一個男孩子騙了，而且騙得很慘。」

田思思恨恨道：「男人真不是好東西。」

梅姐點點頭，柔聲道：「男人中好的確實很少，你只要記著這句話，以後就不會吃虧了。」

她們已轉過假山，走入一片花林。

花朵雖已闌珊，但卻比剛開時更芬芳鮮豔。

繁花深處，露出了一角紅樓。

梅姐道：「王大姐就住在這裡，現在也許剛起來，我去告訴她，你們來了。」

她分開花枝走過去，風姿是那麼優雅，看來就像是花中的仙子。

田思思目送著她，輕輕嘆息了一聲，道：「以後我到了她這樣年紀時，若能也像她這樣美，我就心滿意足了。」

田心用力咬著嘴唇，忽然道：「小姐，我們走好不好？」

田思思愕然道：「走？到哪裡去？」

田心道：「隨便到哪裡去都行，只要不耽在這裡就好。」

田思思道：「為什麼？」

田心道：「我也不知道……我只不過總覺得這地方好像有點不太對。」

田思思道：「什麼地方不對？」

田心道：「每個地方都不對，每個人都好像有點不正常，過的日子也不正常，我實在猜不透這究竟是個什麼樣的地方？」

田思思卻笑了，搖著頭笑道：「你這小鬼的疑心病倒真不小，就算有人騙過我們，我們也不能把每個人都當做騙子呀。」

她遙望著那一角紅樓，悄悄的接著又道：「何況，我真想看看那位王大娘，我想她一定是個很不平凡的女人。」

三

無論誰見到王大娘，都不會將她當做騙子的。

若有人說梅姐是個很優雅、很出色的女人，那麼這人看到王大娘的時候，只怕反而連一句話都說不出來了。

因爲世上也許根本就沒有一句適當的話能形容她的風度和氣質。

那絕不是「優雅」所能形容的。

若勉強要說出一種比較接近的形容，那就是：

完美。

完美得無懈可擊。

田思思進來的時候，她正在享受她的早點。

女人吃東西的時候，大都不願被人看到，因爲無論誰吃東西的時候，都不會太好看。

因爲一個人在吃東西的時候，若有人在旁邊看著，她一定會變得很不自然。

但王大娘卻是例外。

她無論做什麼事的時候，每一個動作都完美得無懈可擊。

她吃得並不少，因爲她懂得一個人若要保持青春和活力，就得往豐富的食物中攝取營養，正如一朵花若想開得好，就得有充足的陽光和水。

她吃得雖不少，卻絲毫沒有影響到她的身材。

她身上每一段線條都是完美的。

她的臉、她的眼睛、鼻子、嘴，甚至她的微笑，都完美得像是神話——或許也只有神話中才會有她這樣的女人。

田思思從第一眼看到她，就已完全被她吸引。

她顯然也很欣賞田思思，所以看到田思思的時候，她笑得更溫暖親切。

她凝注著田思思，柔聲道：「你過來，坐在我旁邊，讓我仔細看看你。」

她的目光和微笑中都帶著種令人順從的魔力，無論是男人，還是女人，永遠都無法向她反抗。

田思思走過去，在她身旁一張空著的椅子上坐下。

王大娘的目光始終沒有離開過她，慢慢的將面前半碗吃剩下的燕窩湯推到她面前，柔聲道：「這燕窩湯還是熱的，你吃點。」

田大小姐從未用過別人的東西，若要她吃別人剩下來的東西，那簡直更不可思議。

但現在她卻將這碗吃剩下的燕窩湯捧起來，垂著頭，慢慢的啜著。

田心吃驚的瞧著她，幾乎已不相信自己的眼睛。

王大娘的笑容更親切，嫣然道：「你不嫌我髒？」

田思思搖搖頭。

王大娘柔聲道：「只要你不嫌我髒，我的東西你都可以用，我的衣服你都可以穿，無論我有什麼，你都可以分一半。」

田思思垂首道：「謝謝。」

別的人若在她面前說這種話，她大小姐的脾氣一定早已發作，但現在她心中卻只有感激，感動得幾乎連眼圈都紅了。

王大娘忽又笑了笑，道：「你看，我連你的名字都不知道，就已經把你當做好朋友了。」

田思思道：「我姓田，叫思思。」

她這次出來，本來決心不對人說真名實姓的，免得被她爹爹查出她的行蹤，但也不知爲了什麼，在王大娘面前，她竟不忍說半句假話。

王大娘嫣然道：「田思思……不但人甜，名字也甜，真是個甜絲絲的小妹妹。」

田思思的臉紅了。

王大娘道：「小妹妹，你今年多大了呀？」

田思思道：「十八。」

王大娘笑道：「十八的姑娘一朵花，但世上又有什麼花能比得上你呢？」

她忽然問道：「你看我今年多大了？」

田思思囁嚅著，道：「我看不出。」

王大娘道：「你隨便猜猜看。」

田思思又瞟了她一眼。

她的臉美如春花，比春花更鮮艷。

田思思道：「二十……二十二？二十三？」

王大娘銀鈴般嬌笑，道：「原來你說話也這麼甜，我當然也有過二十三歲的時候，只可惜那已是二十年前的事了。」

田思思立刻吃驚的瞪大了眼睛，又道：「真的？……我不信。」

王大娘道：「我怎麼會騙你？怎麼捨得騙你？」

她輕輕嘆息著，接著道：「今年我已經四十三了，至少已可以做你的老大姐，你願不願意？」

田思思點點頭，她願意。

她非但願意做她的妹妹，甚至願意做她的女兒。

她忽又搖搖頭，道：「可是我無論如何也不相信你已四十三歲，我想沒有人會相信。」

王大娘悠悠道：「也許別人不相信，但我自己卻沒法子不相信。我也許可以騙過你，騙過世上所有的人，卻沒法子騙得過自己。」

田思思垂下頭，也不禁輕輕嘆息。

她第一次發覺到年華逝去的悲哀，第一次覺得青春應當珍惜。

她覺得自己和王大娘的距離彷彿又近了一層。

王大娘道：「那位小妹妹呢？是你的什麼人？」

田思思道：「她從小就跟我在一起長大的，就好像我的親姐妹一樣。」

王大娘笑道：「但現在我卻要把你從她身旁搶走了，小妹妹，你生不生氣？」

田心噘著嘴，居然默然了。

田思思瞪了她一眼，又笑道：「她真的還是個小孩子，真的還不懂事。」

王大娘笑道：「有時不懂事反而好，現在我若還能做個不懂事的孩子，我願意用所有的一切去交換。」

她忽又笑了笑，道：「今天我們應該開心才對，不該說這些話……你說對不對？」

田思思正想回答，忽然發現王大娘問這句話的時候，眼睛並沒有看著她。

就在同時，她已聽到身後有個人，冷冷道：「不對。」

他的回答簡短而尖銳，就像是一柄匕首。

他的聲音更鋒利，彷彿能刺破人們的耳膜，剖開人們的心。

田思思忍不住回頭。

她這才發現屋角中原來還坐著一個人。

一個不像是人的人。

他坐在那裡的時候，就好像是一張桌子、一張椅子、一件傢俱，既不動，也不說話，無論誰都不會注意到他。

但你只要看過他一眼，就永遠無法忘記。

田思思看了他一眼，就不想再去看第二眼。

她看到他的時候，就好像看到一把雖生了鏽，卻還是可以殺人的刀；就好像看到一塊千年未溶，已變成黑色的玄冰。

她不看他的時候，心裡只要想到他，就好像想到一場可怕的噩夢；就好像又遇到那種只有在噩夢中才會出現的鬼魂。

無論誰都想不到這種人會坐在王大娘這種人的屋子裡。

但他的的確確是坐在這裡。

無論誰都想不到這人也會開口說話。

但他的的確確是開口說話了。

他說：「不對！」

王大娘反而笑了，道：「不對？爲什麼不對？」

這人冷冷道：「因爲你若真的開心，無論說什麼話都還是一樣開心的。」

王大娘笑得更甜，道：「有道理，葛先生說的話好像永遠都有道理。」

葛先生道：「不對。」

王大娘道：「不對？爲什麼又不對呢？」

葛先生道：「我說的話是有道理，不是『好像』有道理。」

王大娘的笑聲如銀鈴，道：「小妹妹，你看這位葛先生是不是很有趣？」

田思思的嘴閉著，田心的嘴嘛得更高。

她們實在無法承認這位葛先生有趣。

你也許可以用任何名詞來形容這個人，但卻絕不能說他「有趣」。

王大娘的意見卻不同。

她笑著又道：「你們剛看到這個人的時候，也許會覺得他很可怕，但只要跟他相處得長久，就會漸漸發覺他是個很有意思的人。」

田思思心裡有句話沒有說出來！

她本來想問：「像這麼樣的人，誰能跟他相處得久呢？」

若要她和這種人在一起，就簡直連一天都活不下去。

窗外的日色已偏西，但在王大娘說來，這一天才剛開始。

田思思覺得今天的運氣不錯。

她終於脫離了錢一套那些一心只想吃她騙她的惡徒，終於遇到了趙老大和王大娘這樣的好人。

那些人就像是一群貓，貪婪的貓。

王大娘卻像是隻鳳凰。

現在金絲雀也飛上了雲端，那些惡貓就再也休想傷著她了。

田思思忽然覺得好疲倦，到這時她才想起已有很久沒有睡過，她眼睛不由自主看到王大娘那張柔軟而寬大的床上……

五 王大娘的眞面目

一

天已黑了。

屋裡燃著燈，燈光從粉紅色的紗罩中照出來，溫柔得如同月光。

燃燈的人卻已不在了，屋子裡靜悄悄的，田思思只聽到自己的心在輕輕的跳著，跳得很均勻。

她覺得全身軟綿綿的，連動都懶得動，可是口太渴，她不禁又想起了家裡那用冰鎮得涼涼的蓮子湯。

田心呢？

這小鬼又不知瘋到哪裡去了？

田思思輕輕嘆了口氣，悄悄下床，剛才脫下來的鞋子已不見了。

她找著了雙鏤金的木屐。

木屐很輕，走起路來，「踢達踢達」的響。就好像雨滴在竹葉上一樣。

她很欣賞這種聲音，走走，停停，停下來看看自己的腳，腳上穿著的白襪已髒了，她脫下來，一雙纖秀的腳雪白。

「屐上足如霜，不著鴉頭襪。」

想起這位風流詩人的名句，她自己忍不住吃吃的笑了。

若是有音樂，她真想跳一曲小杜最欣賞的「柘枝舞」。

推開窗，窗外的晚風中果然有縹緲的樂聲。

花園裡明燈點點，照得花更鮮艷。

「這裡晚上果然很熱鬧，王大娘一定是個很好客的主人。」

田思思真想走出去，看看那些客人，去分享他們的歡樂。

「若是秦歌他們也到江南來了，也到這裡做客人，那多好！」

想到那強健而多情的少年，想到那飛揚的紅絲巾，田思思臉上忽然泛起了一陣紅暈，紅得就像是那絲巾。

在這溫柔的夏夜中，有哪個少女不善懷春。

她沒有聽到王大娘的腳步聲。

她聽到王大娘親密的語聲時，王大娘已經到了她身旁。

王大娘的手已輕輕搭上了她的肩，帶著笑道：「你竟想得出神？在想什麼？」

田思思嫣然道：「我在想，田心那小鬼怎麼連人影都瞧不見了。」

她從來沒有說過謊。

她從來沒有想到自己會說謊，而且根本連想都沒有想，謊話就自然而然的從嘴裡溜了出來，自然得就如同泉水流下山坡一樣。

她當然還不懂得說謊本是女人天生的本領，女人從會說話的時候，就懂得用謊話來保護自己。

說謊最初的動機只不過是保護自己，一個人要說過很多次謊之後，才懂得如何用謊話去欺騙別人。

王大娘拉起她的手，走到那張小小的圓桌旁坐下，柔聲道：「你睡得好嗎？」

田思思笑道：「我睡得簡直就像是剛出世的小孩子一樣。」

王大娘也笑了，道：「睡得好，就一定會餓，你想吃什麼？」

田思思搖著頭，道：「我什麼都不想吃，我只想……」

她眼波流動，慢慢的接著道：「今天來的客人好像不少。」

王大娘道：「也不多，還不到二十個。」

田思思道：「每天你都有這麼多客人？」

王大娘又笑了，道：「若沒有這麼多人，我怎麼活得下去？」

田思思驚奇的張大了眼，道：「這麼說來，難道來的客人都要送禮？」

王大娘眨眨眼道：「他們要送，我也不能拒絕，你說是不是？」

田思思道：「他們都是哪裡來的呢？」

王大娘道：「哪裡來的都有……」

她忽又眨眨眼，接著道：「今天還來了位特別有名的客人。」

田思思的眼睛亮了，道：「是誰？是不是秦歌？是不是柳風骨？」

王大娘道：「你認得他們？」

田思思垂下頭，咬著嘴唇道：「不認得，只不過很想見見他們，聽說他們都是很了不起的大人物。」

王大娘吃吃的笑著，輕輕擰了擰她的臉道：「無論多了不起的大人物，看到你這麼美的女孩子時，都會變成呆子的。你只要記著我這句話，以後一定享福一輩子。」

田思思喜歡擰田心的小臉，卻不喜歡別人擰她的臉。

從來沒有人敢擰她的臉。

但現在她並沒有生氣，反而覺得有種很溫暖舒服的感覺。

王大娘的纖手柔滑如玉。

有人在敲門。

敲門的也都是很美麗的小姑娘，送來了幾樣很精緻的酒菜。

王大娘道：「我們就在這裡吃晚飯好不好？我們兩個可以靜靜的吃，沒有別人來打擾我們。」

田思思眼珠子轉動，道：「我們爲什麼不出去跟那些客人一起吃呢？」

王大娘道：「你不怕那些人討厭？」

田思思又垂下頭，咬著嘴唇道：「我認識的人不多，我總聽人說，朋友愈多愈好。」

王大娘又笑了，道：「你是不是想多認識幾個人，好挑個中意的郎君？」

她嬌笑著，又去擰田思思的臉。

田思思的臉好燙。

王大娘忽然將自己的臉貼上去，媚笑著道：「我這裡每天都有朋友來，你無論要認識多少個都可以。但今天晚上，你卻是我的。」

她的臉又柔滑，又清涼。

田思思雖然覺得她的動作不大好，卻又不忍推開她。

「反正大家都是女人，有什麼關係呢？」

但也不知爲了什麼，她的心忽然跳得快了些。從來沒有人貼過她的臉，從來沒有人跟她如此親密過。

田心也沒有。

田思思忽然道：「田心呢？怎麼到現在還看不見她的人？」

王大娘道：「她還在睡。」

她笑了笑，道：「除了你之外，從來沒有別人睡在我屋子裡，更沒有人敢睡在我床上。」

田思思的心裡更溫暖，更感激。

但也不知爲了什麼，她的臉也更燙了。

王大娘道：「你是不是很熱，我替你把這件長衫脫了吧。」

田思思道：「不……不熱，真的不熱。」

王大娘笑道：「不熱也得脫，否則別人看見你穿著這身男人的衣服，還以爲有個野男人在我房裡哩，那怎麼得了。」

她的嘴在說話，她的手已去解田思思的衣鈕。

她的手就像是一條蛇，滑過了田思思的腰，滑過了胸膛……

田思思不能動了。

她覺得很癢。

她喘息著，嬌笑著，伸手去推，道：「你不能脫，我裡面沒有穿什麼衣服。」

王大娘笑得很奇怪，道：「那有什麼關係?你難道還怕我?」

田思思道：「我不是怕，只不過……」

她的手忽然也推上王大娘的胸膛。

她的笑容忽然凝結，臉色忽然改變，就好像摸著條毒蛇。

她跳起來，全身發抖，瞪著王大娘，顫聲道：「你……你究竟是女的？還是男的？」

王大娘悠然道：「你看呢？」

田思思道：「你……你……」

她說不出。

因爲她分不出王大娘究竟是男？還是女？

無論誰看到王大娘，都絕不會將她當成男人。

連白癡都不會將她看成男人。

但是她的胸膛……

她的胸膛平坦得就像是一面鏡子。

王大娘帶著笑，道：「你看不出？」

田思思道：「我……我……我……」

王大娘笑得更奇怪，道：「你看不出也沒關係，反正明天早上你就會知道了。」

田思思一步步往後退，吃吃道：「我不想知道，我要走了。」

她忽然扭轉頭，想衝出去。

但後面沒有門。

她再衝回來，王大娘已堵住了她的路，道：「現在你怎麼能走？」

田思思急了，大聲道：「爲什麼不能走，我又沒有賣給你！」

王大娘悠然道：「誰說你沒有賣給我？」

田思思怔了怔，道：「誰說我已經賣給了你？」

王大娘道：「我說的，因爲我已付給趙老大七百兩銀子。」她又笑了笑，悠然接著說道：「你當然不止値七百兩銀子，可惜他只敢要那麼多。其實，他就算要七千兩，我也是一樣要買的。」

田思思的臉已氣白了，道：「你說趙老大把我賣給了你？」

王大娘道：「把你從頭到腳都賣給了我。」

田思思氣得發抖，道：「他算什麼東西？憑什麼能把我賣給你？」

王大娘笑道：「他也不憑什麼，只不過因爲你是個被人賣了都不知道的小呆子。你一走進這城裡，他們就已看上了你。」

田思思道：「他們？」

王大娘道：「他們就是鐵胳膊、刀疤老大、錢一套、大鬍子和趙老大。」

田思思道：「他們都是串通好了的？」

王大娘道：「一點也不錯，主謀的就是你拿他當好人的趙老大，他不但要你的錢，還要你的人。」

她笑著，接著道：「幸好你遇見了我，還算運氣，只要你乖乖的聽話，我絕不會虧待你的，甚至不要你去接客。」

田思思道：「接客？接客是什麼意思？」

她已氣得要爆炸了，卻還在勉強忍耐著，因爲她還有很多事不懂。

王大娘哈哈笑道：「真是個小呆子，連接客都不懂。不過我可以慢慢的教你，今天晚上就開始教。」

她慢慢的走過去。

走動的時候，「她」衣服下已有一部份凸出。

田思思蒼白的臉又紅了，失聲道：「你……你是個男人！」

王大娘笑道：「有時是男人，有時也可以變成女人，所以你能遇著我這樣的人，可真是上輩子修來的福氣。」

田思思忽然想吐。

想到王大娘的手剛才摸過的地方，她只恨不得將那些地方的肉都割下。

王大娘還在媚笑著，道：「來，我們先喝杯酒，再慢慢的……」

田思思忽然大叫。

她大叫著衝過來，雙手齊出。

大小姐有時溫柔如金絲雀，有時也會兇得像老虎。

她的一雙手平時看來柔若無骨，滑如春蔥，但現在卻好像變成了一雙老虎的爪子，好像一下子就能扼到王大娘的咽喉。

她出手不但兇，而且快，不但快，而且其中還藏著變化。

「錦繡山莊」中的能人高手很多，每個人都說大小姐的武功很好，已可算是一流的高手。

從京城來的那位大鏢師就是被她這一招打得躺下去的，躺下去之後，很久很久都沒有爬起來。

這一招正是田大小姐的得意傑作。

她已恨透了王大娘這妖怪，這一招出手當然比打那位大鏢頭時更重，王大娘若被打躺下，也許永遠也爬不起來了。

二

王大娘沒有躺下去。

躺下去的是田大小姐。

她從來沒有被人打倒過。

沒有被人打倒過的人，很難領略被人打倒是什麼滋味。

她首先覺得自己去打人的手反被人抓住，身子立刻就失去了重心，忽然有了種飄飄蕩蕩的感覺。

接著她就聽到自己身子被摔在地上時的聲音。

然後她就什麼感覺都沒有了，整個人都好像變成空的。全身的血液都衝上了腦袋，把腦袋塞得就彷彿是塊木頭。

等她有感覺的時候，她就看到王大娘正帶著笑在瞧著，笑得還是那麼溫柔，那麼親切，柔聲的道：「疼不疼？」

當然疼。

直到這時她才感覺到疼，疼得全身骨節都似將散開，疼得眼前直冒金星，疼得眼淚都幾乎忍不住要流了出來。

王大娘搖著頭，又笑道：「像你這樣的武功，也敢出手打人，倒真是妙得很。」

田思思道：「我武功很糟？」

這種時候，她居然問出了這麼一句話來，更是妙不可言。

王大娘彷彿也很吃驚，道：「你自己不知道自己武功有多糟？」

田思思不知道。

她本來一直認爲自己已經可以算是武林中一等一的高手。

現在她才知道了，別人說她高，只不過因爲她是田二爺的女兒。

這種感覺就好像忽然從高樓上摔下來，這一跤實在比剛才摔得還重。

她第一次發現自己並沒有想像中那麼聰明，那麼本事大。

她幾乎忍不住要自己給自己幾個大耳光。

王大娘帶著笑瞧著她，悠然道：「你在想什麼？」

田思思咬著牙，不說話。

王大娘道：「你知不知道我隨時都可以強姦你，你難道不怕？」

田思思的身子突然縮了起來，縮起來後還是忍不住發抖。

到現在爲止，她還沒有認真去想過這件事有多麼可怕、多麼嚴重，因爲她對這種事的觀念還很模糊。

她甚至還根本不知道恐懼是怎麼回事。

但「強姦」這兩個字卻像是一把刀，一下子就將她那種模模糊糊的觀念刺破了，恐懼立刻就像是隻剝了殼的雞蛋般跳出來。

強姦！

這兩個字實在太可怕、太尖銳。

她從來沒有聽過這兩個字，連想都沒有想過。

她只覺身上的雞皮疙瘩一粒粒的冒出來，每粒雞皮疙瘩都帶著一大顆冷汗，全身卻燙得像是在發燒。

她忍不住尖叫，道：「那七百兩銀子我還給你，加十倍還給你。」

王大娘道：「你有嗎？」

田思思道：「現在雖然沒有，但只要你放我走，兩天內我就送來給你。」

王大娘微笑著，搖搖頭。

田思思道：「你不信？我可以保證，你若知道我是誰的女兒……」

王大娘打斷了她的話，笑道：「我不想知道，也不想要你還錢，更不想你去找人來報仇。」

田思思道：「我不報仇，絕不，只要你放了我，我感激你一輩子。」

王大娘道：「我也不要你感激，只要……」

她及時頓住了語聲，沒有再說下去。

但不說有時比說更可怕。

田思思身子已縮成了一團，道：「你……你……你一定要強姦我？」

她做夢也未想到自己居然也會說出這兩個字來。說出來後她的臉立刻紅得像是有火在燒。

王大娘又笑了，道：「我也不想強姦你！」

田思思道：「那……那麼你想幹什麼？」

王大娘道：「我要你心甘情願的依著我，而且我知道你一定會心甘情願的依著我的。」

田思思大叫，道：「我絕不會，死也不會。」

王大娘淡淡道：「你以爲死很容易？那你就完全錯了。」

桌上有隻小小的金鈴。

她忽然拿起金鈴，搖了搖。

清脆的鈴聲剛響起，就有兩個人走了進來。

其實這兩個人簡直不能算是人，一個像狗熊，一個像猩猩。

王大娘笑著道：「你看這兩個人怎麼樣？」

田思思閉著眼睛，她連看都不敢看。

王大娘淡淡道：「你若不依著我，我就叫這兩個人強姦你。」

田思思又大叫。

這次她用盡全身力氣，才能叫得出來。

等她叫出來後，立刻暈了過去。

三

一個人能及時暈過去，實在是件很不錯的事，只可惜暈過去的人總會醒的。

田思思這次醒的時候，感覺就沒有上次那麼舒服愉快了。

她睡的地方已不是那又香、又暖、又軟的床，而是又臭、又冷、又硬的石頭。

她既沒有聽到自己的心跳聲，也沒有聽到那輕柔的樂聲。

她聽到的是一聲聲比哭還淒慘的呻吟。

角落裡蜷伏著一個人，陰森森的燈光照在她身上。

她穿著的一件粉紅色的袍子已被完全撕破，露出一塊塊已被打得又青又腫的皮肉，有很多地方已開始在慢慢的出血。

田思思剛覺得這件袍子看來很眼熟，立刻就想起了那「受過很大刺激」的女孩子，那已被梅姐勸回屋裡去的女孩子。

她想站起來，才發覺自己連站都站不起來了，甚至連疼痛都感覺不出，身上似已完全麻木。

她只有掙扎著，爬過去。

那女孩忽然抬頭，瞪著她，一雙眼睛裡佈滿了紅絲，就像是隻已被折磨得瘋狂了的野獸。

田思思吃了一驚。

令她吃驚的，倒不是這雙眼睛，而是這張臉。

她白天看到這女孩子的時候，這張臉看來還是那麼美麗，那麼清秀，但現在卻已完全扭曲，完全變了形，鼻子已被打得移開兩寸，眼角和嘴還在流血，這張臉看來已像是個被摔爛了的西瓜。

田思思想哭，又想吐。

她想忍住，但胃卻已收縮如弓，終於還是忍不住吐出。

吐的是酸水，苦水。

這女孩子卻只有冷冷的瞧著她，一雙眼睛忽然變得說不出的冷漠空洞，不再有痛苦，也沒有恐懼。

等她吐完了，這女孩子忽然道：「王大娘要我問你一句話。」

田思思道：「她要你……問我？」

這女孩子道：「她要我問你，你想不想變成我這樣子？」

她聲音裡也完全沒有情感，這種聲音簡直就不像是她發出來的。

任何人也想像不到她會問出這麼樣一句話。

但的確是她在問。

這句話由她嘴裡問出來，實在比王大娘自己問更可怕。

田思思道：「你……你怎會變成這樣子的？」

這女孩子道：「因爲我不聽王大娘的話，你若學我，就也會變得和我一樣。」

她聲音冷漠而平淡，彷彿是在敘說著別人的遭遇。

她的人似已變成了一種說話的機械。

一個人只有在痛苦已達到頂點，恐懼已達到極限，只有在完全絕望時，才會變成這樣子。

田思思看到她，才明白恐懼是怎麼回事。

她忽然伏在地上，失聲痛哭。

她幾乎也已完全絕望。

這女孩子還是冷冷的瞧著她，冷冷道：「你是不是已經肯答應了？」

田思思用力扯著自己的頭髮，嘶聲道：「我不知道……我不知道……」

這女孩子淡淡道：「不知道就是答應了，你本該答應的。」

她轉過臉，伏在地上，再也不動，再也不說一句話。

田思思忽然撲過去，撲在她身上，道：「你爲什麼不說話了？」

這女孩子道：「我的話已說完。」

田思思道：「你爲什麼不想法子逃走？」

這女孩子道：「沒有法子。」

田思思用力去扯她的頭髮，大聲道：「一定有法子的，你不能這樣等死！」

這女孩子頭被拉起，望著田思思，臉上忽然露出一絲奇特的微笑，道：「我爲什麼不能等死？我能死已經比你幸運多了，你遲早總會知道，死，並不可怕，可怕的是連死都死不了。」

田思思的手慢慢鬆開。

她的手已冰冷。

她的手鬆開，這女孩子就又垂下頭去，仍是伏在地上，彷彿再也不願見到這世上任何一個人，任何一件事。

生命難道真的如此無趣？

田思思咬咬牙，站起來。

她發誓一定要活下去，無論怎麼樣她都要活下去！

她絕不肯死！

牆壁上燃著支松枝札成的火把。

火把已將燃盡，火光陰森。

陰森森的火光映在黑黝黝的牆壁上，牆壁是石塊砌成的。巨大的石塊，每塊至少有兩三百斤。

門呢？

看不見門。

只有個小小的窗子。

窗子離地至少有四五丈，寬不及兩尺。

這屋子好高，這窗子好小。

田思思知道自己絕對跳不上去，但她還是決心要試試。

她用盡全力，往上跳。

她跌下。

所以她爬。

每塊石頭間都有條縫，她用力扳著石縫，慢慢的往上爬。

她的手出血，粗糙的石塊，邊緣鋒利如刀。

血從她的手指流出，疼痛鑽入她的心。

她又跌下，跌得更重。

但她已不再流淚。

這實在是件很奇妙的事——一個人流血的時候，往往就不再流淚。

她決心再試，試到死爲止。

但就在這時，她忽然發現有條繩索自窗戶上垂了下來。

有人在救她！

是誰在救她？爲什麼救她？

她連想都沒有去想，因爲她已沒有時間想。

她用力推那女孩子，要她看這條繩索。

這女孩子抬頭看了一眼，淡淡道：「我不想走，我寧可死。」

只看了一眼，只說了這麼樣一句話。

田思思跺了跺腳，用力抓住繩索，往上爬。

她苗條的身子恰巧能鑽出窗戶。

窗外沒有人，繩索綁在窗戶對面的一棵樹上。

風吹樹葉，颼颼的響，樹上也沒有人，燈光也很遙遠。

田思思爬過去，沿著樹幹滑下。

四面同樣黑暗，從哪條路才能逃出去呢？

她不知道，也無法選擇。

面對著她的是片花林，她也不知道是什麼花，只覺花的氣息很芬芳。所以她就鑽了進去。

她很快就聽到風中傳來的樂聲，然後就看到了前面的燈光。

溫柔的燈光從窗戶裡照出來，雪白的窗紙，雕花的窗櫺。樂聲使燈光更溫柔，樂聲中還插著一陣銀鈴般的笑聲。

是後退？還是從這屋子後繞過去？

田思思躲在一棵樹後面，正不知該選擇哪條路，樂聲忽然停止，兩個人慢慢的從屋子裡走了出來。

看到了這兩個人，田思思的呼吸也停止了。

左面的一個風姿綽約，笑語如花，正是王大娘。

右面的一個人長身玉立，風神瀟灑，赫然是仗義疏財、揮金結客的「中原孟嘗」田白石田二爺。

王大娘說的那特別有名的客人，原來就是他。

田思思做夢也沒有想到竟會在這種時候，這種地方看到她爹爹。

她歡喜得幾乎忍不住叫了出來。

她沒有叫。因爲這時又有兩個人跟在她爹爹身後走出了屋子。

這兩人一老一少。

老的一個又矮又胖，圓圓臉，頭髮很少，鬍子也很少，腰上懸柄很長的劍，幾乎要比他的人長一倍，使他的樣子看來很可笑。

年輕的一個看來甚至比老的這個還矮、還胖，所以樣子就更可笑。

年輕人就發胖總是比較可笑的，他不是太好吃，就是太懶；不是太懶，就是太笨；不是睡得太多，就是想得太少。

也許他這幾樣加起來都有一點。

田思思認得這老的一個就是她爹爹的好朋友，大名府的楊三爺。

這年輕的一個呢？

難道他就是楊三爺的寶貝兒子楊凡？

「難道爹爹竟要我嫁給他？」

田思思臉都氣紅了，她寧可嫁給馬夫王大光，也不嫁給這條豬。

她決心不去見她爹爹。

「我這樣子跑出去，豈非要笑死人麼？」

她寧可在任何人面前丟人，也不能在這條豬面前丟人的。

王大娘正帶著笑，道：「這麼晚了，田二爺何必走呢？不如就在這裡歇下吧。」

田二爺搖搖頭，道：「不行，我有急事，要去找個人。」

王大娘道：「卻不知田二爺找的是誰？我也許能幫個忙……這裡來來往往的人最多，眼皮子都很雜。」

田二爺笑笑，道：「這人你一定找不到的，她絕不會到這種地方來。」他忽然長嘆了口氣，接著道：「其實我也不知道要到哪裡才能找得到她，但我走遍天涯海角，也非找到她不可……」

他要找的，當然就是他最寵愛的獨生女兒。

田思思喉頭忽然被塞住。

到現在她才知道，世上只有她爹爹是真的關心她，真的愛她。

這一點已足夠，別的事她已全不放在心上。

她正想衝出去，不顧一切衝出去，衝入她爹爹懷裡。

只要她能衝入她爹爹懷裡，所有的事就立刻全都可解決。

她爹爹一定會替她報復，替她出這口氣的。

只可惜她沒有衝出去。

就在這時，忽然有隻手從她後面伸過來，掩住了她的嘴。

這隻手好粗，好大，好大的力氣。

田思思的嘴被這隻手掩住，非但叫不出來，簡直連氣都喘不出。

這人當然有兩隻手。他另一隻手摟住了田思思，田思思就連動都不能動。

她只能用腳往後踢，踢著這人的腿，就像踢在石頭上。

她踢得愈重，腳愈疼。

這人就像抓小雞似的，將她整個人提了起來，往後退。

田思思只有眼睜睜的瞧著，距離她爹爹愈來愈遠，終於連看都看不見了——也許永遠都看不見了。

她眼淚流下時，這人已轉身奔出。他的步子好大，每跨一步至少有五尺，眨眼間已奔出花林。

林外也暗得很。

這人腳步不停，沿著牆角往前奔，三轉兩轉，忽然奔到一間石頭屋子裡。

這石頭屋子也很高，很大，裡面只有一張床，一張桌子，一張椅子。

床大得嚇人，桌椅也大得嚇人。

椅子幾乎已比普通的桌子大，桌子幾乎已比普通的床大。

這人反手帶起門，就將田思思放在床上。

田思思這才看到了他的臉。

她幾乎立刻又要暈了過去。

六 粉紅色的刀

一

這人簡直不是人，是個猩猩——就是王大娘要找來強姦她的那個猩猩。

他的臉雖還有人形，但滿臉都長著毛，毛雖不太長，但每根都有好幾寸長，不笑時還好些，一笑，滿臉的毛都動了起來。

那模樣就算在做噩夢的時候都不會看到。

他現在正在笑，望著田思思笑。

田思思連骨髓都冷透了，用盡全力跳起來，一拳打過去，打他的鼻子。

她聽說猩猩身上最軟的部位就是鼻子。

她打不著。

這人只揮了揮手，就像是趕蚊子似的，田思思已被打倒。

她情願被打死，卻偏偏還是好好的活著。

她活著，就得看著這人；雖然不想看，不敢看，卻不能不看。

這人還在笑，忽然道：「你不必怕我，我是來救你的。」

他說的居然是人話，只不過聲音並不太像人發出來的。

田思思咬著牙，道：「你……你來救我？」

這人又笑了笑，從懷中摸了樣東西出來。

他摸出的竟是圈繩子，竟然就是將田思思從窗戶裡吊出來的那根繩子。

田思思吃一驚，道：「那條繩子就是你放下去的？」

這人點點頭，道：「除了我還有誰？」

田思思更吃驚道：「你爲什麼要救我？」

這人道：「因爲你很可愛，我很喜歡你。」

田思思的身子，立刻又縮了起來，縮成一團。

她看到這一隻毛茸茸的手又伸了過來，像是想摸她。

她立刻用盡全力大叫，道：「滾!滾開些，只要你碰一碰我，我就死!」

這人的手居然縮了回去，道：「你怕我?爲什麼怕我？」

他那雙藏在長毛中的眼睛裡，居然露出一種痛苦之色。

這使他看來忽然像是個人了。

但田思思卻更怕，怕得想嘔吐。

這人愈對她好，愈令她想嘔，她簡直恨不得死了算了。

這人又道：「我長得雖醜，卻並不是壞人，而且真的對你沒有惡意，只不過想……」

田思思嘶聲道：「想怎麼樣？」

這人垂下頭，囁嚅著道：「也不想怎麼樣，只要能看見你，我就很高興了。」

他本來若是隻可怕的野獸，片刻卻變成了隻可憐的畜牲。

田思思瞪著他。

她已不再覺得這人可怕，只覺得嘔心，嘔心得要命。

她忽然眨眨眼，道：「你叫什麼名字？」

她問出這句話，顯然已將他當做個人了。

這人目中立刻露出狂喜之色，道：「奇奇，我叫奇奇。」

「奇奇」，這算什麼名字？

任何人都不會取這麼樣一個名字。

田思思試探著，問道：「你究竟是不是人？」

她問出這句話，自己也覺得很緊張，不知道這人是不是會被激怒？

奇奇目中果然立刻充滿憤怒之意，但過了半晌，又垂下頭，黯然道：「我當然是人，和你一樣的是個人，我變成今天這種樣子，也是被王大娘害的。」

一個人若肯乖乖的回答這種話，就絕不會是個很危險的人。

田思思更有把握，又問道：「她怎麼樣害你的？」

奇奇巨大的手掌緊握，骨節「格格」作響，過了很久，才嗄聲道：「血，毒藥，血……她每天給我喝加了毒藥的血，她一心要把我變成野獸，好替她去嚇人！」

他抬頭，望著田思思，目中又充滿乞憐之意，道：「但我的確還是個人……她可以改變我的外貌，卻變不了我的心。」

田思思道：「你恨不恨她？」

奇奇沒有回答，也用不著回答。

他的手握得更緊，就好像手裡在捏王大娘的脖子。

田思思道：「你既然恨她，爲什麼不想個法子殺了她？」

奇奇身子忽然萎縮，連緊握著的拳頭都在發抖。

田思思冷笑道：「原來你怕她。」

奇奇咬著牙，道：「她不是人……她才真的是個野獸。」

田思思道：「你既然這麼怕她，爲什麼敢救我？」

奇奇道：「因爲……因爲我喜歡你。」

田思思咬著嘴唇，道：「你若真的對我好，就該替我去殺了她。」

的。」

奇奇搖頭，拚命搖頭。

田思思道：「就算你不敢去殺她，至少也該放我走。」

奇奇又搖頭，道：「不行，你一個人無論如何都休想逃得了。」

田思思冷笑，道：「你就算是個人，也是個沒出息的人，這麼樣的人，誰都不會喜歡的。」

奇奇漲紅了臉，忽然抬頭，大聲道：「但我可以幫你逃出去。」

田思思道：「真的？」

奇奇道：「我雖是個人，但不像別的人那樣，會說假話。」

田思思道：「可是我也不能一個人走。」

奇奇道：「爲什麼？」

田思思道：「我還有個妹妹，我不能拋下她在這裡。」

她忽又眨眨眼，道：「你如果將她救出來，我說不定也會對你很好的。」

奇奇目中又露出狂喜之色，道：「她是個怎麼樣的人？」

田思思道：「她是個很好看的女孩子，嘴很小，時常都嘛得很高，她的名字叫田心。」

奇奇道：「好，我去找她……我一定可以救她出來的。」

這句話還沒有說完，他已走到門口，忽又回過頭，望著田思思，吃吃道：「你……你會不會走？」

田思思道：「不會的，我等著你。」

奇奇忽然衝回來，跪在她面前，吻了吻她的腳，才帶著滿心狂喜衝了出去。

他一衝出去，田思思整個人就軟了下來，望著自己被他吻過的那隻腳，只恨不得將這隻腳剁掉。

連她自己都不知道自己剛才怎麼能說得出那些話來的。

她自己再想想都要吐。

突聽一人冷冷笑道：「想不到田大小姐千挑萬選，竟選上了這麼樣一個人，倒真是別具慧眼，眼光倒真不錯。」

田思思抬起頭，才發現葛先生不知何時已坐在窗台上。

他動也不動的坐在那裡，本身就像是也變成窗子的一部份。

好像窗子還沒有做好的時候，他就已坐在那裡。

田思思臉已漲紅了，大聲道：「你說什麼？」

葛先生淡淡道：「我說他很喜歡你，你好像也對他不錯，你們倒真是天生一對。」

桌上有個很大的茶壺。

田思思忽然跳起來，拿起這隻茶壺，用力向他摔了過去。

葛先生好像根本沒有看到，等茶壺飛到面前，才輕輕吹了口氣。

這茶壺就忽然掉轉頭，慢慢的飛了回來，平平穩穩的落在桌子上，恰巧落在剛才同樣的地方。

田思思眼睛卻看直了。

「這人難道會魔法？」

若說這也算武功，她非但沒有看過，連聽都沒有聽過。

葛先生面上還是毫無表情，道：「我這人一向喜歡成人之美，你們既是天生的一對，我一定會去要王大娘將你許配給他。」

他淡淡的接著道：「你總該知道，王大娘一向很聽我的話。」

田思思忍不住大叫，道：「你不能這麼樣做！」

葛先生冷冷道：「我偏要這麼樣做，你有什麼法子阻止我？」

田思思剛站起來，又「噗」地跌倒，全身又開始不停的發抖。

她知道葛先生這種人只要能說得出，就一定做得到。

她忽然一頭往牆上撞了過去。

牆是石頭砌成的，若是撞在上面，非但會撞得頭破血流，一個頭只怕要變成兩三個頭。

她寧可撞死算了。

二

她沒有撞死，等她撞上去的時候，這石塊砌成的牆竟忽然變成軟綿綿的。

她仰面倒下，才發現這一頭竟撞在葛先生的肚子上。

葛先生貼著牆站在那裡，本身就好像又變成了這牆的一部份。

這牆還沒有砌好的時候，他好像就站在那裡。

他動也不動的站著，臉上還是全無表情，道：「你就算不願意，也用不著死呀。」

田思思咬著牙，淚已又將流下。

葛先生道：「你若真的不願嫁給他，我倒有個法子。」

田思思忍不住問道：「什麼法子？」

葛先生道：「殺了他！」

田思思怔了怔，道：「殺了他？」

葛先生道：「誰也不能勉強將你嫁給個死人的，是不是？」

田思思道：「我……我能殺他？」

葛先生道：「你當然能，因爲他喜歡你，所以你就能殺他。」

他說的話確實很有意思。

你只有在愛上一個女人的時候，她才能傷害你。

大多數女人都只能傷害真正愛她的男人。

田思思垂下頭，望著自己的手。

她手旁忽然多了柄刀。

出了鞘的刀。

刀的顏色很奇特，竟是粉紅色的，就像是少女的面頰。

葛先生道：「這是把很好的刀，不但可以吹毛斷髮，而且見血封喉。」

他慢慢的接著道：「每把好刀都有個名字，這把刀的名字叫女人。」

刀的名字叫「女人」，這的確是個很奇特的名字。

田思思忍不住問道：「它爲什麼叫女人？」

葛先生道：「因爲它快得像女人的嘴，毒得像女人的心，用這把刀去殺一個喜歡你的男人，正是再好也沒有的了。」

田思思伸出手去，想去拿這把刀，又縮了回來。

葛先生道：「他現在已經快回來了，是嫁給他，還是殺了他，都隨便你，我絕不勉強……」

說到後面一句話，他聲音似已很遙遠。

田思思抬起頭，才發現這魔鬼般的人已不知到哪裡去了。

他的確像魔鬼。

因爲他只誘惑，不勉強。

對女人說來，誘惑永遠比勉強更不可抗拒。

田思思再伸出手，又縮回。

直到門外響起了腳步聲，她才一把握起了這柄刀，藏在背後。

奇奇已衝了進來。

他一個人回來的，看到田思思，目中立刻又湧起狂喜之色，歡呼著走過來，道：「你果然沒有走，果然在等我。」

田思思避開了他的目光，道：「田心呢？」

奇奇道：「我找不到她，因爲……」

田思思沒有讓他說完這句話。

她手裡的刀已刺入了他的胸膛，刺入了他的心。

奇奇怔住，突然狂怒，狂怒出手，握住了田思思的咽喉，大吼道：「你爲什麼要殺我？……我做錯了什麼？」

田思思不能回答，她不能動。

只要奇奇的手指稍一用力，她的脖子就會像稻草般折斷。

她已嚇呆了。

她知道奇奇這次絕不會放過她，無論誰都不會放過她！

誰知奇奇的手卻慢慢的鬆開了。

他目中的憤怒之色也慢慢消失，只剩下悲哀和痛苦，絕望的痛苦。

他凝視著田思思，喃喃道：「你的確應該殺我的，我不怪你……我不怪你……」

「我不怪你。」他反反覆覆的說著這四個字，聲音漸漸微弱，臉漸漸扭曲，一雙眼睛也漸漸變成了死灰色。

他慢慢的倒了下去。

他倒下去的時候，眼睛還是在凝注著田思思，掙扎著，一字一字道：「我沒有找到你的朋友，因爲她已經逃走了……但我的確去找過，我絕沒有騙你。」

說完了這句話，他才死，他死得很平靜，因爲他並沒有欺騙別人，也沒有做對不起人的事，他死得問心無愧。

田思思呆呆的站在那裡，忽然發現全身衣裳都已濕透。

「我不怪你……我沒有騙你……」

他的確沒有。

但她卻騙了他，利用了他，而且殺了他！

他做錯了什麼呢？

「噹」的，刀落下，落在地上。

淚呢？

淚爲什麼還未落下？是不是已無淚可流？

突聽一人道：「你知不知道，剛才他隨時都能殺你的？」

葛先生不知何時又來了。

田思思沒有去看他，茫然道：「我知道。」

葛先生道：「他沒有殺你，因爲他真的愛你，你能殺他，也因爲他真的愛你。」

他的聲音彷彿很遙遠，慢慢的接著道：「他愛你，這就是他唯一做錯了的事。」

他真的錯了麼？

一個人若是愛上了自己不該愛的人，的確是件可怕的錯誤。

這錯誤簡直不可饒恕！

但田思思的眼淚卻忽然流下。

她永遠也想不到自己會爲這種人流淚，可是她的眼淚的確已流下。

然後她忽然又聽到梅姐那種溫柔而體貼的聲音，柔聲道：「回去吧，客人都已走了，王大娘正在等著你，快回去吧。」

聽到「王大娘」這名字，田思思就像是忽然被人抽了一鞭子。

她身子立刻往後縮，顫聲道：「我不回去。」

梅姐的笑也還是那麼溫柔親切，道：「不回去怎麼行呢？你難道還要我抱著你回去？」

田思思道：「求求你，讓我走吧……」

梅姐道：「你走不了的，既已來到這裡，無論誰都走不了的。」

葛先生忽然道：「你若真的想走，我倒也有個法子。」

田思思狂喜，問道：「什麼法子？」

她知道葛先生的法子一定很有效。

葛先生道：「只要你答應我一件事，我就讓你走。」

田思思道：「答應你什麼？」

葛先生道：「答應嫁給我。」

梅姐吃吃的笑起來，道：「葛先生這一定是在開玩笑。」

葛先生淡淡道：「你真的認爲我是在開玩笑？」

梅姐笑得已有些勉強，道：「就算葛先生答應，我也不能答應的。」

葛先生道：「那麼我就只好殺了你。」

梅姐還在笑，笑得更勉強，道：「可是王大娘……」

再聽到「王大娘」這名字，田思思忽然咬了咬牙，大聲道：「我答應你！」

這四個字剛說完，梅姐已倒了下去。

她還在笑。

她笑的時候眼角和面頰上都起了皺紋。

鮮血就沿著她臉上的皺紋慢慢流下。

她那溫柔親切的笑臉，忽然變得比惡鬼還可怕。

田思思牙齒打戰，慢慢的回過頭。

葛先生又不見了。

她再也顧不得別的，再也沒有去瞧第二眼，就奪門衝了出去。

前面是個牆角。

牆角處居然有道小門。

門居然是開著的。

田思思衝了出去。

她什麼也不看，什麼也不想，只是不停的向前奔跑著。

三

夜已很深。

四面一片黑暗。

她本來就什麼都看不到。

但她只要一停下來，黑暗中彷彿立刻就現出了葛先生那陰森森、冷冰冰，全無表情的臉。

所以她只有不停的奔跑，既不辨路途，也辨不出方向。

她不停的奔跑，直到倒下去爲止。

她終於倒了下去。

她倒下去的地方，彷彿有塊石碑。

她剛倒下去，就聽到一個人冷冷淡淡的聲音，道：「你來了嗎？我正在等著你。」

這赫然正是葛先生的聲音。

葛先生不知何時已坐在石碑上，本身彷彿就是這石碑的一部份。

這石碑還沒有豎起的時候，他好像已坐在這裡。

他動也不動的坐著，面上全無表情。

這不是幻覺，這的確就是葛先生。

田思思幾乎嚇瘋了，失聲道：「你等我？爲什麼等我？」

葛先生道：「我有句話要問你。」

田思思道：「什……什麼話？」

葛先生道：「你打算什麼時候嫁給我？」

田思思大叫，道：「誰說我要嫁給你？」

葛先生道：「你自己說的，你已經答應了我。」

田思思道：「我沒有說，我沒有答應……」

她大叫著，又狂奔了出去。

恐懼又激發了她身子裡最後一分潛力。

她一口氣奔出去，奔出很遠很遠，才敢回頭。

身後一片黑暗，葛先生居然沒有追來。

田思思透了口氣，忽然覺得再也支持不住，又倒了下去。

這次她倒下去的地方，是個斜坡。

她身不由己，從斜坡上滾下，滾入了一個很深的洞穴。

是兔窟？是狐穴？還是蛇窩？

田思思已完全不管了，無論是狐，還是蛇，都沒有葛先生那麼可怕。

他這人簡直比狐狸還狡猾，比毒蛇還可怕。

田思思全心全意的祈禱上蒼，只要葛先生不再出現，無論叫她做什麼，她都心甘情願，絕無怨言。

她的祈禱彷彿很有效。

過了很久很久，葛先生都沒有出現。

星已漸疏。

黑夜已將盡，這一天總算已將過去。

田思思長長吐出口氣，忽然覺得全身都似已虛脫。

她忍不住問自己：「這一天我究竟做了些什麼？」

這一天，就彷彿比她以前活過的十八年加起來還長。

這一天她騙過人，也被人騙過。

她甚至殺了個人。

騙她的人，都是她信任的，她信任的人每個都在騙她。

唯一沒有騙過她的，唯一對她好的人，卻被她殺死了！她這才懂得一個人內心的善惡，是絕不能以外表去判斷的。

「我做的究竟是什麼事？」

「我究竟能算是個怎麼樣的人？」

田思思只覺心在絞痛，整個人都在絞痛，就彷彿有根看不見的鞭子，正在不停的抽打著她。

「難道這就是人生？難道這才是人生？」

「難道一個人非得這麼樣活著不可？」

她懷疑，她不懂。

她不懂生命中本就有許許多多不公平的事，不公平的苦難。

你能接受，才能真正算是個人。

人活著，就得忍受。

忍受的另一種意思就是奮鬥！

繼續不斷的忍受，也就是繼續不斷的奮鬥，否則你活得就全無意思。

因爲生命本就是在苦難中成長的！

星更稀，東方似已有了曙色。

田思思忽然覺得自己彷彿成長了許多。

無論她做過什麼，無論她是對？是錯？她總算已體驗到生命的真諦。

她就算做錯了，也值得原諒，因爲她做的事本不是自己願意做的。

她這一天總算沒有白活。

她的確已成長了許多，已不再是個孩子。

她已是個女人，的的確確是個女人，這世界上永遠不能缺少的女人！

她活了十八年，直到今天，才真真實實感覺到自身的存在。

這世上的歡樂和痛苦，都有她自己的一份。

無論是歡樂，還是痛苦，她都要去接受，非接受不可！

七　大小姐與豬八戒

一

東方已現出曙色。

田思思眼睛朦朦朧朧的，用力想睜開，卻又慢慢的闔起。

她實在太累，太疲倦。

雖然她知道自己絕不能在這裡睡著，卻又無法支持。

朦朦朧朧中，她彷彿聽到有人在呼喚：「大小姐，田大小姐……」

是誰在呼喚？

這聲音彷彿很熟悉。

田思思睜開眼睛，呼聲更近。她站起來，探出頭去。

四個人正一排向這邊走過來。一個是鐵胳臂，一個是刀疤老六，一個是錢一套，一個是趙老大。

看到這四個人，田思思的火氣就上來了。

若不是這四個王八蛋，她又怎會落到現在這種地步。

但他們爲什麼又來找她呢？難道還覺得沒有騙夠，還想再騙一次？

田思思跳出來，手插著腰，瞪著他們。

她也許怕王大娘，怕葛先生，但是這四個騙子，田大小姐倒真還沒有放在眼裡。

她畢竟是田二爺的女兒，畢竟打倒過京城來的大鏢頭。

她武功也許沒有自己想像中那麼高，但畢竟還是有兩下子的。

這四人看到她，居然還不逃，反而陪著笑，一排走了過來。

田思思瞪眼道：「你們想來幹什麼？」

錢一套的笑臉看來還是最自然，陪著笑道：「在下等正是來找田大小姐的。」

田思思冷笑道：「你們還敢來找我？膽子倒真不小哇。」

錢一套忽然跪下道：「小人不知道大小姐的來頭，多有冒犯，還望大小姐恕罪。」

他一跪，另外三個人也立刻全都跪了下來。

趙老大將兩個包袱放在地上，道：「這一包是大小姐的首飾，這一包是七百兩銀子，但望大小姐既往不究，將包袱收下來，小人們就感激不盡了。」

這些人居然會良心發現，居然肯如此委屈求全。

田思思反倒覺得有點不好意思了。

不好意思中，又不免有點得意，板著臉道：「你們都已知道錯了麼？」

四個人同時陪笑道：「小人們知錯，小人們該死……」

田思思的心早已軟了，正想叫他們起來，四個大男人像這樣跪她面前，畢竟也不太好看。

誰知這四人剛說到「死」字，額角上忽然多了個洞。

鮮血立刻從洞裡流出來，順著他們笑起來的皺紋徐徐流下。

四個人眼睛發直，面容僵硬，既沒有呼喊，也沒有掙扎。

八隻眼睛直直的看著田思思，然後忽然就一起仰面倒下。

田思思又嚇呆了。

她根本沒有看出這四人額上的洞是怎麼來的，只看到四張笑臉忽然間變成了四張鬼臉。

是誰殺了他們？用的是什麼手段？

田思思忽又想起梅姐死時的情況，手腳立刻冰冰冷冷。

葛先生！

田思思大叫，回頭。

後面沒有人，一株白楊正在破曉的寒風中不停的顫抖。

她再回頭，葛先生赫然正站在四具死屍後面，冷冷的瞧著她，身上的一件葛布衫在夜色中看來就像是孝子的麻衣。

他臉上還是冷冷淡淡的，全無表情，他身子還是筆筆直直的站著，動也不動。

他本身就像是個死人。

這四個人還沒死的時候，他好像就已站在這裡了。

田思思魂都嚇飛了，失聲道：「你……你來幹什麼？」

葛先生淡淡道：「我來問你一句話。」

田思思道：「問什麼？」

葛先生道：「你打算什麼時候嫁給我？」

同樣的問話，同樣的回答，幾乎連聲調語氣都完全沒有改變。

田思思自己也不知道自己怎會問出這麼愚蠢的話來。

她迷迷糊糊的就問出來了。

因爲她實在太怕，實在太緊張，自己也根本無法控制自己。

葛先生道：「這四個人是我叫他們來的。」

田思思拚命的點頭，道：「我……我知道。」

葛先生道：「東西他們既已還給你，你爲什麼不要？」

田思思還是在拚命點著頭，道：「我不要，我什麼都不要。」

她一面點頭，一面說不要，那模樣實在又可憐，又可笑。

葛先生目中既沒有憐憫之色，更沒有笑意，淡淡道：「你不要，我要。」

他收起包袱，又慢慢的接著道：「這就算你嫁妝的一部份吧。」

田思思又大叫，道：「你無論要什麼，我都給你……我還有很多很多比這些更值錢的首飾，我全都給你，只求你莫要迫我嫁給你。」

葛先生冷冷道：「你一定要嫁給我，你答應過我的。」

田思思不由自主抬頭看了他一眼。

她從沒有正面看過他。

她不看也許還好些，這一看，全身都好像跌入冰窖裡。

他臉上沒有笑容，更沒有血。

但他的臉卻比那四個死人流血的笑臉還可怕。

田思思大叫道：「我沒有答應你……我真的沒有答應你……」

她大叫轉身，飛奔而去。

她本來以爲自己連一步路都走不動了，但這時卻彷彿忽然又從魔鬼那裡借來了力氣，一口氣又奔出了很遠很遠。

身後的風聲不停的在響。

她回過頭，偷偷瞟了一眼。

風在吹，沒有人。

葛先生這次居然還是沒有追來。

他好像並不急著追，好像已算準田思思反正是跑不了的。

無論他有沒有追來，無論他在哪裡，他的影子已像惡鬼般的纏住了田思思。

田思思又倒下。

這次她就倒在大路旁。

乳白色的晨霧正煙一般裊裊自路上升起，四散。

煙霧縹緲中，遠處隱隱傳來了轆轆的車輛聲，輕輕的馬嘶聲。

還有個人在低低的哼著小調。

田思思精神一振，掙扎著爬起，就看到一輛烏篷大車破霧而來。

趕車的是個白髮蒼蒼的老頭子。

田思思更放心了。

老頭子好像總比年輕人靠得住些。

田思思招著手，道：「老爺子，能不能行個方便，載我一程?我一定會重重謝你的。」

老頭子打了個呼哨，勒住韁繩，上上下下打量了田思思幾眼，才慢吞吞的道：「卻不知姑娘要到哪裡去？」

到哪裡去？

這句話可真把田大小姐問住了。

回家嗎？

這樣子怎麼能回家？就算爹爹不罵，別的人豈非也要笑掉大牙。

才出來一天，就變成了這副鬼樣子，非但將東西全都丟得乾乾淨淨，連人都丟了一大個。

「田心這小鬼不知道是不是真的逃了，她本事倒比我還大些。」

去找田心嗎？

到哪裡去找呢？她會逃到哪裡去？

若不回家，也不找田心，只有去江南。

她出來本就是為了要到江南去的。

但她只走了還不到兩百里路，就已經變成了這樣子，現在已囊空如洗，就憑她孤孤單單的一個人，就能到得了江南？

田思思怔在路旁，眼淚幾乎又要掉了下來。

老頭子又上上下下打量了她一遍，忽然道：「姑娘你莫非遇著了強盜麼？」

田思思點點頭，她遇到的人也不知比強盜可怕多少倍。

老頭子嘆了口氣，接著說道：「一個大姑娘家，本不該單身在外面走的，這年頭人心已大變了，什麼樣的壞人都有……唉！」

他又嘆了口氣，才接著道：「上車來吧，我好歹送你回家去。」

田思思垂著頭，吶吶道：「我的家遠得很。」

老頭子道：「遠得很，有多遠？」

田思思道：「在江南。」

老頭子怔了怔，苦笑道：「江南，那可就沒法子囉，怎麼辦呢？」

田思思眨眨眼，道：「卻不知老爺子你本來要到哪裡去？」

老頭子滿是皺紋的臉上，忽然露出了笑意，道：「我有個親戚，今日辦喜事，我是趕去喝喜酒的，所以根本沒打算載客。」

田思思沉吟著，道：「我看這樣吧，無論老爺子你要到哪裡去，我都先跟著走一程再說，老爺子要去的地方到了，我就下車。」

她只想離開這見鬼的地方，離得愈遠愈好。

老頭子想了想，慨然道：「好，就這麼辦，姑娘既是落難的人，這趟車錢我非但不要，到了地頭我還可以送姑娘點盤纏。」

田思思已感激得說不出話來。

這世上畢竟還是有好人的，她畢竟還是遇到了一個。

車子走了很久，搖搖盪盪的，老頭子還在低低的哼著小調。

田思思朦朦朧朧的，已經快睡著了，她夢中彷彿又回到很小很小的時候，還躺在搖籃裡，她的奶媽正在搖著搖籃，哼著催眠曲。

這夢多美，多甜。

只可惜無論多甜美的夢，也總有覺醒的時候。

田思思忽然被一陣爆竹聲驚醒，才發覺車馬早已停下。

老頭子正在車門外瞧著她，看到她張開眼，才笑著道：「我親戚家已到了，姑娘下車吧。」

田思思揉揉眼睛，從車門往外看過去。

外面是棟不算太小的磚頭屋子，前面一大片穀場，四面都是麥田，麥子長得正好，在陽光下燦爛著一片金黃。

幾隻雞在穀場上又叫又跳，顯然是被剛才的爆竹聲嚇著了。

屋子裡裡外外都貼著大紅的雙喜字，無論老的小的，每個人身上都穿著新衣服，透著一股喜氣。

多。

田思思心裡卻忽然泛起一陣辛酸之意，她忽然覺得每個人都好像比她愉快得多、幸福得

尤其是那新娘子，今天一定更是歡喜得連心花都開了。

「我呢？我到什麼時候才有這一天？」

田思思咬了咬嘴唇，跳下車，垂首道：「多謝老爺子，盤纏我是一定不敢要了，老爺子送

我這一程，我……我已經感激不盡。」

說到後來，她聲音已哽咽，幾乎連話都說不下去。

老頭子瞧著她，臉上露出同情之色，道：「姑娘你想到哪裡去呢？」

田思思頭垂得更低，道：「我……我有地方去，老爺子你不必替我擔心。」

老頭子長長嘆息了一聲，道：「我看這樣吧，姑娘若沒有什麼急事，不如就在這裡喝杯喜

酒再走。」

他的話還沒有說完，旁邊就有人接著道：「是呀，姑娘既已到了這裡，不喝杯喜酒，就是

看不起我們鄉下人了。」

又有人笑道：「何況我們正愁客人太少，連兩桌都坐不滿，姑娘若是肯賞光，那真是再好

也沒有了，快請進來吧。」

田思思這才發現屋子裡已有很多人迎了出來，有兩個頭上載著金簪，腕上金鐲子「叮叮噹

噹」在響著的婦人，已過來拉住了田思思的手。

還有幾個梳著辮子的孩子，在後面推著，鄉下的熱腸和好客，已在這幾個人臉上表現了出來。

田思思心裡忽然湧起一陣溫暖之意，嘴裡雖還在說著：「那怎麼好意思呢？」人已跟著他們走進了屋子。

外面又是「乒乒乓乓」的一陣爆竹聲響起。

一對龍鳳花燭燃著火焰活活潑潑的，就像是孩子們的笑臉。

兩張四四方方的八仙桌子，已擺滿了一大碗一大碗的雞鴨魚肉，豐盛的食物，正象徵著人們的歡樂與高興。

生命中畢竟也有許許多多愉快的事，一個人縱然遇著些不幸，過著些苦難，也值得去忍受的。

只要他能忍受，就一定會得到報償。

田思思忽然也覺得開心了起來，那些不幸的遭遇，彷彿已離她很遠。

她被推上了左邊一張桌子主客的座位，那老頭子就坐在她身旁。

這張桌子只坐了五個人，她這才發現來喝酒的客人果然不多，除了她之外，彼此好像都是很熟的親戚朋友。

每個人都在用好奇的眼光打量著她，她又不免覺得有些不安，忍不住悄悄的向老頭子道：「我連一點禮都沒有送，怎麼好意思呢？」

老頭子笑笑，道：「用不著，你用不著送禮。」

田思思道：「爲什麼我用不著送禮？」

老頭子又笑笑，道：「這喜事本是臨時決定的，大家都沒有準備禮物。」

田思思道：「臨時決定的？我聽說鄉下人成親大多要準備很久，爲什麼……」

老頭子打斷她的話，道：「普通人家成親當然要準備很久，但這門親事卻不同。」

田思思道：「有什麼不同？」

老頭子沉吟著道：「因爲新郎倌和新娘子都有點特別。」

田思思愈聽愈覺得有趣，忍不住又問道：「有什麼特別？他們究竟是老爺子你的什麼人？」

老頭子笑道：「現在新郎倌就快出來了，你馬上就可以看到他。」

田思思道：「新郎倌很快就會出來，那麼新娘子呢？」

老頭子笑得好像有點神秘，道：「新娘子已經在這屋裡了。」

田思思道：「在這屋裡？在哪裡？」

她眼珠子四下轉動，只見屋裡除了她和這老頭子外，只不過還有六七個人。

剛才拉她進來的那兩個婦人，就坐在她對面，望著她嘻嘻的笑，笑得連臉上的粉都快掉下來了，這兩人臉上擦的粉足有四五兩。

愈醜的人，粉擦得愈多，看來這句話倒真是沒有說錯。

田思思暗暗的笑，她愈看愈覺得這兩人醜，醜得要命，比較年輕的一個比老的更醜。

田思思悄悄道：「難道對面的那位就是新娘子？」

老頭子搖搖頭，也悄悄笑道：「哪有這麼醜的新娘子？」

田思思暗中替新郎倌鬆了口氣，無論誰娶著這麼樣一位新娘子，準是上輩子缺了大德。

在她印象中，新娘子總是漂亮的，至少總該比別人漂亮些。

但這屋子最漂亮的一個就是這婦人了，另外一個長得雖順眼些，但看年紀至少已經是好幾個孩子的媽了。

田思思心裡嘀咕，嘴裡又忍不住道：「新娘子總不會是她吧？」

老頭子笑道：「她已經可以做新娘子的祖奶奶了，怎麼會是她。」

田思思道：「若不是她們，是誰呢？」

她雖然不敢瞪著眼睛下去找，但眼角早已偷偷的四面打量過一遍，這屋裡除了這兩個婦人外，好像全都是男的。

她更奇怪，又道：「新娘子究竟在哪裡，我怎麼瞧不見？」

老頭子笑道：「到時候她一定會讓你看見的，現在連新郎倌都不急，你急什麼？」

田思思臉紅了紅，憋了半天，還是憋不住，又道：「新娘子漂亮不漂亮？」

老頭子笑得更神秘，道：「當然漂亮，而且是這屋子裡最漂亮的一個。」

他眼睛又在上下的打量著田思思。

田思思臉更紅了，剛垂下頭，就看到一雙新粉底官靴的腳從裡面走出來，靴子上面，是一件大紅色的狀元袍。

新郎倌終於出來了。

這新郎倌又是個怎麼樣的人呢？是醜？還是俊？是年輕人？還是老頭子？

田思思想抬頭去看看，又覺得有點不好意思。

她到底還是個沒出嫁的大姑娘，而且和這家人又不熟。

誰知新郎倌的腳卻向她走了過來，而且就停在她面前。

田思思剛覺得奇怪，忽然聽到屋子裡的人都在拍手。

有的還笑著道：「這兩位倒真是郎才女貌，天成佳偶。」

又有人笑道：「新娘子長得又漂亮，又有福氣，將來一定是多福多壽多孩子。」

田思思又用眼再去瞟，地上只有新郎倌的一雙腳，卻看不到新娘子的。

她忍不住悄悄拉了拉那老頭子的衣角，悄悄道：「新娘子呢？」

老頭子笑了笑，道：「新娘子就是你。」

「新娘子就是我？」

田思思笑了，她覺得這老頭子真會開玩笑，但剛笑出來，忽然又覺得有點不對，這玩笑開得好像未免太過火了些。

屋子裡的人還在拍著手，笑笑道：「新娘子還不趕快站起來拜天地，新郎倌已經急得要入洞房了。」

新郎倌的一雙腳，就像是釘在地上似的，動也不動。

田思思終於忍不住抬頭瞧了一眼。

只瞧了一眼，她整個人就忽然僵硬，僵硬得像是塊木頭。

她的魂已又被嚇飛了！

新郎倌穿著大紅的狀元袍，全新的粉底靴，頭上戴的是載著花翎的烏紗帽，裝束打扮，都和別的新郎倌沒什麼兩樣。

可是他的一張臉——天下絕對找不到第二張和他一樣的臉來。

這簡直不像是人的臉。

陰森森、冷冰冰的一張臉，全沒有半點表情，死魚般的一雙眼睛裡，也全沒有半點表情。

他就這樣動也不動的站著，瞬也不瞬的瞧著田思思。

田思思還沒有出生的時候，他好像就已經站在這裡了！

葛先生！

這新郎倌赫然竟是葛先生！

田思思只覺自己的身子正慢慢的從凳子上往下滑，連坐都已坐不住，牙齒也在「格格」的打著戰。

她覺得自己就活像是條送上門去被人宰的豬。

人家什麼都準備好了，連洞房帶龍鳳花燭，連客人帶新郎倌全都準備好了，就等著她自己送上鈎。

她想哭，哭不出；想叫，也叫不出。

葛先生靜靜的瞧著她，緩緩道：「我已問過你三次，打算什麼時候成親，你既然不能決定，就只好由我來決定了。」

田思思道：「我……我不……」

聲音在她喉嚨裡打滾，卻偏偏說不出來。

葛先生道：「我們這次成親不但名正言順，而且是明媒正娶。」

那老頭子笑道：「不錯，我就是大媒。」

那兩個婦人吃吃笑道：「我們是喜娘。」

葛先生道：「在座的都是證人，這樣的親事無論誰都沒有話說。」

田思思整個人都像是已癱了下來，連逃都沒有力氣逃。

就算能逃，又有什麼用呢？

她反正是逃不出葛先生手掌心的。

「但我難道就這樣被他送入洞房麼？」

「咚」的一聲，她的人已從凳子上跌下，跌在地上。

突聽一人道：「這親事別人雖沒話說，我卻有話說。」

說話的是個矮矮胖胖的年輕人，圓圓的臉，一雙眼睛卻又細又長，額角又高又寬，兩條眉毛間更幾乎要比別人寬一倍。

他的嘴很大，頭更大，看起來簡直有點奇形怪狀。

但是他的神情卻很從容鎮定，甚至可以說有點瀟灑的樣子，正一個人坐在右邊桌上，左手拿著酒杯，右手拿著酒壺。

酒杯很大。

但他卻一口一杯，喝得比倒得更快，也不知已喝了多少杯了。

奇怪的是，別人剛才誰也沒有看到屋子裡有這麼樣一個人。

誰也沒有看到這人是什麼時候走進屋子，什麼時候坐下來的。

突然看到屋子裡多了這麼樣一個人，大家都吃了一驚。

只有葛先生，面上還是全無表情，淡淡道：「這親事你有話說？」

這少年嘆了口氣，道：「我本來不想說的，只可惜非說不可。」

葛先生道：「說什麼？」

這少年道：「這親事的確樣樣俱全，只有一樣不對。」

葛先生道：「哪樣不對？」

這少年道：「新娘子若是她的話，新郎倌就不該是你。」

葛先生道：「不該是我，應該是誰？」

這少年用酒壺的嘴指了指自己的鼻子，道：「是我。」

二

「新郎倌應該是他？他是誰？」

田思思本來已經癱在地上，聽到這句話，才抬起頭來。

這矮矮胖胖的少年也正在瞧著她。

田思思本來不認得這個人的，卻又偏偏覺得有點面熟。

這少年已慢慢的接著道：「我姓楊，叫楊凡，木易楊，平凡的凡。」

他看來的確是個平平凡凡的人，只不過比別的年輕人長得胖些。

除了胖之外，他好像沒有什麼比別人強的地方。

但「楊凡」這名字卻又讓田思思嚇了一跳。

她忽然想起這人了。

昨天晚上她躲在花林裡，看到跟在她爹爹後面的那個小胖子就是他。

他就是大名府楊三爺的兒子，就是田思思常聽人說的那個怪物。

據說他十天裡難得有一天清醒的時候，清醒時他住在和尚廟裡，醉的時候就住在妓院裡。

他什麼地方都耽得住，就是在家裡耽不住，據說從他會走路的時候開始，楊三爺就很難見到他的人。

據說他什麼樣奇奇怪怪的事都做過，就是沒做過一件正經事。

田思思始終想不到她爹爹爲什麼要把她許配給這麼樣一個怪物。

她更想不到這怪物居然會忽然在這裡出現。

葛先生顯然也將這人當做個怪物，仔細盯了他很久，忽然笑了。

這是田思思第一次看到他笑。

她從來想像不出他笑的時候是什麼樣子的，她甚至以爲他根本就不會笑。

但現在她卻的確看到他在笑。

那張陰森森、冷冰冰的臉上果然有了笑容，看來真是說不出的詭異可怕。

田思思看到他的笑容，竟忍不住打了個寒噤，就好像看到一個死人的臉上突然有了笑容一樣。

只聽他帶著笑道：「原來你也是想來做新郎倌的？」

楊凡淡淡道：「我不是想來做新郎倌，只不過是非來不可。」

葛先生道：「非來不可？難道有人在後面用刀逼著你？」

楊凡嘆了口氣，道：「一個人總不能眼看著自己的老婆做別人的新娘子吧？」

葛先生道：「她是你的老婆？」

楊凡道：「雖然現在還不是，卻也差不多了。」

葛先生冷冷道：「我只知道她親口答應過，要嫁給我。」

楊凡道：「就算她真的答應了你，也沒有用。」

葛先生道：「沒有用？」

楊凡道：「一點用也沒有，因爲她爹爹早已將她許配給了我，不但有父母之命，而且有媒妁之言，才真的是名正言順，無論誰都沒有話說。」

葛先生沉默了很久，才緩緩道：「若要你不娶她，看來只有一個法子了。」

楊凡道：「一個法子也沒有。」

葛先生道：「有的，死人不能娶老婆。」

楊凡笑了。

這也是田思思第一次看到他笑。

他的臉看來本有點特別，有點奇形怪狀，尤其是那雙又細又長的眼睛裡，好像有種說不出的懾人光芒，因而使得這矮矮胖胖、平平凡凡的人，看起來有點不平凡的派頭，也使人不敢對他很輕視。

就因爲這緣故，所以屋子裡才沒有人動手把他趕出去。

但他一笑起來，就變了，變得很和氣，很有人緣，連他那張圓圓胖胖的臉看起來都像是變得好看得很多。

就算本來對他很討厭的人，看到他的笑，也會覺得這人並沒有那麼討厭了，甚至忍不住想去跟他親近親近。

田思思忽然想要他快跑，跑得愈快愈好，跑得愈遠愈好。

她忽然不願看到這人死在葛先生手上。

因爲她知道葛先生的武功很可怕，這小胖子笑起來這麼可愛，她不願看到鮮血從他的笑紋中流下來，將他的笑臉染成鬼臉。

最可怕的是，她已親眼看到五個人死在葛先生手上，五個人都是突然間就死了，額角上突然就多了個洞，但葛先生究竟是用什麼法子將這五個人殺了的，她卻連一點影子也看不出來。

這小胖子的額角特別高，葛先生下手自然更方便，田思思幾乎已可想像到血從他額上流下來的情況。

幸好葛先生還沒有出手，還是動也不動的直挺挺站著。

楊凡又倒了杯酒，剛喝下去，突然將酒往自己額上一放。

接著，就聽到酒杯「叮」的一響。

葛先生臉色立刻變了。

楊凡徐徐的將酒杯放下來，很仔細的看了幾眼，慢慢的搖了搖頭，長長的嘆了口氣，喃喃道：「好歹毒的暗器，好厲害。」

田思思實已看糊塗了。

難道葛先生連手都不動，就能無影無蹤的將暗器發出來？

難道這小胖子一抬手就能將他的暗器用一隻小酒杯接住？

葛先生的暗器一刹那就能致人死命，一下子就能將人的腦袋打出洞來，這次爲什麼連一隻小酒杯都打不破？

田思思想不通，也不相信這小胖子會有這麼大的本事。

但葛先生的臉色爲什麼變得如此難看呢？

只聽楊凡嘆息著又道：「用這種暗器傷人，至少要損陽壽十年的，若換了我，就絕不會用它。」

葛先生沉默了很久，忽然道：「你以前見過這種暗器沒有？」

楊凡搖搖頭，道：「這是我平生第一次。」

葛先生道：「你也是第一個能接得住我這種暗器的人。」

楊凡道：「有了第一個，就會有第二個，有了第二個，就會有第三個，所以這種暗器也沒有什麼了不起，我看你不用也罷。」

葛先生又沉默了很久，忽又問道：「宋十娘是你的什麼人？」

宋十娘是天下第一暗器名家，不但接暗器、打暗器都是天下第一，製造暗器也是天下第一。

在江湖人心目中，宋十娘自然是個一等一的大人物，這名字連田思思都時常聽人說起。

若非因爲她是個女人，田思思免不了也要將她列在自己的名單上，要想法子去看看她是不是自己的對象了。

楊凡卻搖了搖頭，道：「這名字也是我平生第一次聽到。」

葛先生道：「你從未聽過這名字，也從未見過這種暗器？」

楊凡道：「答對了。」

葛先生道：「但你卻將這種暗器接住了。」

楊凡笑了笑，道：「若沒有接住，我頭上豈非早已多了個大洞。」

葛先生瞪著他，突然長長的嘆了口氣，道：「你能不能告訴我，你怎麼能接住它的？」

楊凡道：「不能。」

葛先生道：「你能不能把這暗器還給我？」

楊凡道：「不能。」

葛先生忽又長長的嘆了口氣，道：「你能不能讓我走？」

楊凡道：「不能。」

他忽然笑了笑，接著道：「但你若要爬出去，我倒不反對。」

葛先生沒有再說第二句話。

他爬了出去。

田思思看呆了。

無論誰看到葛先生，都會覺得他比石頭還硬，比冰還冷，他這人簡直就不像是個活人。

他的臉就像是永遠也不會有任何表情。

但他一見到這小胖子，各種表情都有了，不但笑了，而且還幾乎哭了出來，不但臉色慘變，而且居然還爬了出去。

這小胖子可真有兩下子。

但田思思左看右看，也看不出他憑哪點有這麼大的本事。

他看來好像並不比白癡聰明多少。

田思思看不出，別人也看不出。

每個人的眼睛都瞪得跟雞蛋一樣，嘴張大得好像可以同時塞進兩個雞蛋。

楊凡又倒了杯酒，忽然笑道：「你們坐下來呀，能坐下的時候何必站著呢？何況酒菜都是現成的，不吃白不吃，何必客氣？」

本來他無論說什麼，別人也許都會拿他當放屁，但現在無論他說什麼，立刻都變成了命令。

他說完了這句話，屋子裡立刻就再沒有一個站著的人。

田思思本來是坐著的，忽然站了起來，大步走了出去。

楊凡連看都沒有看她一眼，悠然道：「葛先生一定還沒有走遠，現在去找他還來得及。」

田思思的腳立刻就好像被釘子釘在地上了，轉過頭，狠狠的瞪著這小胖子。

楊凡還是連看都不看她一眼，舉杯笑道：「我最不喜歡一個人喝酒，你們爲什麼不陪我喝幾杯？」

他只抬了抬頭，一杯酒就立刻點滴無存。

田思思忽然轉過身，走到他面前，大聲道：「酒鬼，你爲什麼不用壺喝呢？」

楊凡淡淡的道：「我的嘴太大，這酒壺的嘴卻太小。」

他有意無意間瞟了田思思的小嘴一眼，忽又笑了，接著道：「一大一小，要配也配不上的。」

田思思的臉飛紅，恨恨道：「你少得意，就算你幫了我的忙，也沒什麼了不起。」

楊凡道：「你承認我幫了你的忙？」

田思思道：「哼。」

楊凡道：「那麼你爲什麼不謝謝我呢？」

田思思道：「那是你自己願意的，我爲什麼要謝謝你？」

楊凡笑道：「不錯不錯，很對很對，我本來就是吃飽飯沒事做了。」

田思思咬著嘴唇，忽又大聲道：「無論怎麼樣，你也休想要我嫁給你！」

楊凡道：「你真的不嫁？」

田思思道：「不嫁。」

楊凡道：「決心不嫁？」

田思思道：「不嫁。」

楊凡道：「你會不會改變主意？」

田思思的聲音更大，道：「說不嫁就不嫁，死也不嫁。」

楊凡忽然站起來，恭恭敬敬的向她作了個揖，道：「多謝多謝，感激不盡。」

田思思怔了怔，道：「你謝我幹什麼？」

楊凡道：「我不但要謝你，而且還要謝天謝地。」

田思思道：「你有什麼毛病？」

楊凡道：「我別的毛病倒也沒有，只不過有點疑心病。」

田思思道：「疑心什麼？」

楊凡道：「我總疑心你要嫁給我，所以一直怕得要命。」

田思思大叫了起來，道：「我要嫁給你？你暈了頭了。」

楊凡笑道：「但現在我的頭既不暈，也不怕了，只要你不嫁給我，別的事都可以商量。」

田思思冷冷道：「我跟你沒什麼好商量的。」

楊凡道：「田老伯若是一定要迫著將你嫁給我呢？」

田思思想了想，道：「我就不回去。」

楊凡道：「你遲早總要回去的。」

田思思又想了想，道：「我等嫁人之後再回去。」

楊凡拊掌笑道：「好主意，簡直妙極了。」

他忽又皺了皺眉，道：「但你準備嫁給什麼人呢？」

田思思道：「那你管不著。」

楊凡嘆了口氣，道：「我不是要管，只不過擔心你嫁不出去。」

田思思又叫了起來，道：「我會嫁不出去？你以爲我沒有人要了？你以爲我是醜八怪？」

楊凡苦笑道：「你當然不醜，但你這種大小姐脾氣，誰受得了呢？」

田思思恨恨道：「那也用不著你擔心，自然會有人受得了的。」

楊凡道：「受得了你的人，你未必受得了他，譬如說，那位葛先生……」

聽到葛先生這名字，田思思的臉就發白。

楊凡悠然接著道：「其實他也未必是真想娶你，也許是另有用心。」

田思思忍不住問道：「另有用心？他有什麼用心？」

楊凡搖了搖頭，道：「我也不知道他有什麼用心，只怕他目的達到後就把你甩了，那時你再回頭來嫁我，我豈非更慘。」

田思思臉又氣得通紅，怒道：「你放心，我就算當尼姑去，也不會嫁給你。」

楊凡還在搖頭，道：「我不放心，天下事難說得很，什麼事都可能發生的。」

田思思氣極了，冷笑道：「你以爲你是什麼人？美男子麼？你憑哪點以爲我會嫁給你？」

楊凡淡淡道：「我是美男子也好，是豬八戒也好，那全都沒關係，我只不過想等你真的嫁人之後，才能放心。」

田思思道：「好，我一定盡快嫁人，嫁了人後一定盡快通知你。」

她簡直已經快氣瘋了。

不放心的人本來應該是她，誰知這豬八戒反而先拿起架子來了。

她再看這人一眼都覺得生氣，說完了這句話，扭頭就走。

誰知楊凡又道：「等一等。」

田思思道：「等什麼？難道你還不放心？」

楊凡道：「我的確還有點不放心，萬一你還未出嫁前，就已死了呢？」

田思思怒道：「我死活跟你有什麼關係？」

楊凡正色道：「當然有關係，現在你名份上已是我們楊家的人；你若有了麻煩，我就得替你去解決，你若有個三長兩短，我還得替你去報仇，那麻煩豈非多了？我這人一向最怕麻煩，你叫我怎麼能放心？」

田思思連肺都快要氣炸了，冷笑道：「我死不了的。」

楊凡道：「那倒不一定，像你這種大小姐脾氣，就算被人賣了都不知道，何況……」

他嘆了口氣，接著道：「你還不知道什麼時候才能嫁得了人，田老伯卻隨時隨刻都可能將你抓回去，那麼樣一來，你豈非又要嫁定我了？」

田思思大叫道：「你要怎麼樣才能放心，你說吧。」

楊凡道：「我倒的確有個法子。」

田思思道：「什麼法子？」

楊凡道：「你想嫁給誰，我就把你送到那人家裡去，等你嫁了他之後，就和我沒關係了，那樣我才能放心。」

田思思冷笑，道：「想不到你這人做事倒蠻周到的。」

楊凡道：「過獎過獎，其實我這人本來一向很馬虎，但遇著這種事就不能不分外小心了，娶錯了老婆可不是好玩的。」

田思思不停的冷笑，她實在已氣得連話都說不出來了。

楊凡道：「所以你無論想嫁給誰，都只管說出來，我一定能把你送到。」

田思思咬著嘴唇，道：「我想嫁給秦歌。」

楊凡又皺了皺眉，道：「情哥？誰是你的情哥哥，我怎麼知道。」

田思思真恨不得給他幾個耳刮子，大聲道：「我說的是秦歌，秦朝的秦，唱歌的歌，難道你連這人的名字都沒聽說過？」

楊凡搖搖頭，道：「沒聽過。」

田思思冷笑道：「土包子，除了吃飯外，你還懂得什麼？」

楊凡道：「我還會喝酒。」

他真的喝了杯酒，才接著道：「好，秦歌就秦歌，我一定替你找到他，但他是不是肯娶你，我就不敢擔保了。」

田思思道：「那是我的事，我當然有我的法子。」

楊凡道：「我雖然可以陪你去找他，但我們還得約法三章。」

田思思道：「約法三章？」

楊凡道：「第一，我們先得約好，我絕不娶你，你也絕不嫁我。」

田思思道：「好極了。」

楊凡道：「第二，我們雖然走一條路，但你走你的，我走我的，無論你做什麼事我都絕不會勉強你，你也不能勉強我。」

田思思冷笑道：「好極了。」

楊凡道：「第三，你只要看到中意的人，隨時都可以嫁，我看到中意的人，也隨時可以娶，我們誰也不干涉誰的私生活。」

田思思道：「好極了。」

她已氣得發昏，除了「好極了」這三個字外，她簡直不知道該說什麼。

這些條件本該由她提出來的，誰知這豬八戒又搶先了一著。

屋子裡的人不知何時已全都溜得乾乾淨淨。

楊凡一口氣喝了三杯酒，才笑著道：「無論如何，我總沾了你的光，才能喝到這喜酒，我也該謝謝你才是。」

田思思忍不住問道：「你怎麼找到這裡來的？我爹爹呢？」

楊凡笑了笑，道：「有些事我不想告訴你，你也不能勉強我。」

田思思咬著牙，恨恨道：「說不定你也和這家人一樣，早就跟葛先生串通好了的。」

楊凡點點頭道：「說不定，這世上根本就沒有絕對一定的事。」

田思思四下瞧了一眼，又忍不住問道：「他們的人呢？」

楊凡道：「走了。」

田思思道：「你爲什麼放他們走？」

楊凡道：「連葛先生我都放走了，爲什麼不放他們走？」

田思思道：「你爲什麼要將葛先生放走？」

楊凡道：「他只不過要娶你而已，這件事做得雖然愚蠢，卻不能算什麼壞事；何況，他總算還請我喝了酒呢。」

田思思道：「可是他還殺了人。」

楊凡淡淡道：「你難道沒殺過人？有很多人本就該死的。」

田思思臉又紅了，大聲道：「好，反正我遲早總有法子找他算賬的。」

她憋了半天氣，忽又道：「他那暗器你能不能給我瞧瞧？」

楊凡道：「不能。」

田思思道：「為什麼不能？」

楊凡道：「不能就是不能，我們已約好，誰也不勉強誰的。」

田思思跺了跺腳，道：「不勉強就不勉強，走吧。」

楊凡道：「你急什麼？」

田思思道：「我急什麼，當然是急著嫁人。」

楊凡又倒了杯酒，悠然道：「你急，我不急，你要走，就先走；我們反正各走各的，我反正不會讓你被人賣了就是。」

田思思忽然抓起酒壺，摔得粉碎，頭也不回的走了出去。

楊凡嘆了口氣，喃喃道：「幸好那邊還有壺酒沒被她看見……」

田思思忽又衝了回去，「噹」的一聲，那邊一壺酒也被她摔得粉碎。

她的氣這才算出了一點，轉過頭，卻看到楊凡已捧起酒罈子，正在那裡開懷暢飲，一面還笑著道：「酒壺你儘管摔，酒罈子卻是我的，這罈口配我的嘴，大小倒正合適。」

三

田思思一路走，一路氣，一路罵。

「死胖子，酒鬼，豬八戒……」

罵著罵著，她忽然笑了。

田心打算要寫的那本「大小姐南遊記」裡，本已有了一個唐僧，一個孫悟空，現在再加上個豬八戒，角色就幾乎全了。

這本書若真的寫出來，一定更精采，田心若是知道，一定也會笑得連嘴都嘅不起來。

「但這小嘅嘴究竟逃到哪裡去了呢？」

笑著笑著，田大小姐又不禁嘆了口氣，只不過這嘆息聲聽來倒並不十分傷感──無論如何，知道有個人在後面保護著你，總是蠻不錯的。

豬八戒看來雖愚蠢，那幾釘耙打下來有時也蠻唬人的。

若沒有豬八戒，唐僧也未必就能上得了西天。

豬八戒真的愚蠢麼？

在豬眼中，世上最愚蠢的動物也許就是人。

八　上西天的路途

一

正午。

日正當中。

你若坐在樹蔭下，坐在海灘旁，坐在水閣中，涼風習習，吹在你身上，你手裡端著杯用冰鎮得涼透了的酸梅湯。

這種時候你心裡當然充滿了歡愉，覺得世界是如此美好，陽光是如此燦爛、如此輝煌。

但你若一個人走在烈日下，走在被烈日曬得火燙的石子路上，那滋味可就不太好受了。

田思思氣消下去的時候，才感覺到自己有多累、多熱、多渴、多髒。

她覺得自己簡直就好像在噩夢裡，簡直連氣都喘不過來。

道路筆直的伸展向前方，彷彿永無盡頭，一粒粒石子在烈日下閃閃的發著光，燙得就好像是一個個煮熟了的雞蛋。

前面的樹蔭下有個賣涼酒熱菜的攤子，幾個人坐在樹下，左手端著酒碗，右手揮著馬連坡的大草帽，一面還在喃喃的埋怨著酒太淡。

但在田思思眼中，這幾個人簡直已經快活得像神仙一樣了。

「人在福中不知福。」

到現在田思思才懂得這句話的意思。

若在兩天前，這種酒菜在她眼中看來只配餵狗，但現在，若有人送碗這種酒給她喝，她說不定會感激得連眼淚都流下來。

她真想過去喝兩碗，她的嘴唇已快乾得裂開了。

但酒是要用錢買的。

田大小姐雖沒出過門，這道理總算還明白。

現在她身上連一個銅板都沒有。

田大小姐無論要什麼東西，只要張張嘴就會有人送來了。

她這一輩子從來也不知道「錢」是樣多麼可貴的東西。

「那豬八戒身上一定有錢，不知道肯不肯借一點給我？」

想到向人借錢，她的臉已經紅了，若要她真的向人去借，只怕殺了她，她也沒法子開口的。

樹蔭下的人卻直著眼睛在瞧她。

她低下頭，咬咬牙，大步走了過去。

「那豬八戒怎麼還沒有趕上來，莫非又已喝得爛醉如泥？」

她只恨自己剛才爲什麼不在那裡吃點喝點再走，「不吃白不吃」，她第一次覺得楊凡的話多多少少還有點道理。

身後有車轔馬嘶，她回頭，就看見一輛烏篷車遠遠的走了過來，一個人懶洋洋的靠在前面的車座上，懶洋洋的提著韁繩，一雙又細又長的眼睛似睜非睜，似閉非閉，嘴角還帶著懶洋洋的一抹微笑。

這酒鬼居然還沒有喝醉，居然趕來了，看他這種舒服的樣子，和田思思一比，簡直是一個在天上，一個在地下。

田思思恨得牙癢癢的。

「這輛馬車剛才明明就停在門口，我爲什麼就不會坐上去，我明明是先出門的，爲什麼反讓這豬八戒撿了便宜？」

現在她只能希望這豬八戒會招呼她一聲，請她坐上車。

楊凡偏偏不理她，就好像根本沒看到她這個人似的，馬車走走停停，卻又偏偏不離開她前後左右。

不看到他這副死樣子還好，看到了更叫人生氣。

田思思忍不住大聲道：「喂。」

楊凡的眼睛張了張，又閉上。

田思思只好走過去，道：「喂，你這人難道是聾子？」

楊凡眼睛這才張得大了些，懶洋洋道：「你在跟誰說話？」

田思思道：「當然是跟你說話，難道我還會跟這匹馬說話麼？」

楊凡淡淡道：「我既不姓喂，又不叫喂，我怎麼知道你在跟我說話？」

田思思咬了咬牙，道：「喂，姓楊的。」

楊凡眼睛又閉上。

田思思火大了，道：「我叫姓楊的，你難道不姓楊？」

楊凡道：「姓楊的人很多，我怎麼知道你在叫哪一個？」

田思思怒道：「難道這裡還有第二個姓楊的，難道這匹馬也姓楊？」

楊凡道：「也許姓楊，也許姓田，你爲什麼不問牠自己去。」

他打了呵欠，淡淡接著道：「你若要跟我說話，就得叫我楊大哥。」

田思思火更大了，瞪眼道：「憑什麼我要叫你楊大哥？」

楊凡道：「第一，因爲我姓楊，第二，因爲我年紀比你大，第三，因爲我是個男人。你總不能叫我楊大姐吧？」

他懶洋洋的笑了笑，接著道：「你若要叫我楊大叔，我倒也有點不敢當。」

田思思恨恨道：「死豬，豬八戒。」

楊凡悠然道：「只有豬才會找豬說話，我看你並不太像豬嘛。」

田思思咬了咬牙，扭頭就走，發誓不理他了，突聽呼哨一聲，楊凡突然拉了拉韁繩，馬車就往她身旁衝了出去。

前面的路好像永遠也走不完的，太陽還是那麼大。若真的這樣走下去，就算能挺得住，也得送掉半條命。

田思思一著急，大聲道：「楊大頭，等一等。」

她故意將「大」字聲音說得很高，「頭」字聲音說得含糊不清，聽起來就好像在叫楊大哥。

楊凡果然勒住了韁繩，回頭笑道：「田小妹，有什麼事呀？」

田思思「噗哧」笑了，她好不容易才總算佔了個便宜，當然笑得特別甜，特別開心。

天下有哪個女孩子不喜歡佔人的便宜？

田思思眨著眼笑道：「你這輛車子既然沒人坐，不知道可不可以順便載我一程？」

楊凡笑了笑，道：「當然可以。」

田思思道：「你既然已答應了我，就不能再趕我下來呀。」

楊凡道：「當然。」

他的嘴還沒有閉上，田思思已跳上馬車，突又從車窗裡探出頭來，吃吃笑道：「你剛才也許沒有聽清楚，我不是叫你楊大哥，是叫你楊大頭；你的頭簡直比別人三個頭加起來還大兩倍。」

她存心想氣氣大頭鬼。

誰知楊凡一點也不生氣，反而笑道：「頭大表示聰明，我早就知道我很聰明，用不著你來提醒。」

田思思噘起嘴，「砰」的，關上車門。

楊凡哈哈大笑，揚鞭打馬，車馬前行，又笑著道：「大頭大頭，下雨不愁，人家有傘，我有大頭……大頭的好處多著哩，你以後慢慢就會知道的。」

有的人好像天生就運氣，所以永遠都活得很開心。

楊凡就是這種人，無論誰想要這種人生氣，都很不容易。

二

正午一過，路上來來往往的人就多了起來，有的坐車，有的騎馬，有的年老，有的年輕……

田思思忽然看到一個年輕的騎士身上，飄揚著一條鮮紅的絲巾。

紅絲巾繫在他的手臂上。

這人當然不是秦歌，但想必一定是江南來的。

「不知道他認不認得秦歌？知不知道秦歌的消息？」

田思思頭伏在車窗上，痴痴的瞧著，痴痴的想著。

她希望自己能一心一意的去想秦歌，把別的事全都忘記。

可是她不能，她餓得要命，餓得連睡都睡不著。

一個人肚子裡若是空空的，心裡又怎麼會有柔情蜜意？

田思思忍不住又探出頭去，大聲道：「你知不知道前面是什麼地方？」

楊凡道：「不知道，反正離江南還遠得很。」

田思思道：「我想找個地方停下來，我……我有點餓了。」

楊凡道：「你想吃東西？」

田思思嚥了口口水，道：「吃不吃都無所謂……吃點也好。」

楊凡道：「既然無所謂，又何必吃呢？」

他嘆口氣，喃喃道：「到底是女人本事大，整天不吃飯都無所謂，若換了我，早就餓瘋了。」

田思思突然叫了起來，道：「我也餓瘋了。」

楊凡道：「那麼就吃吧，只不過吃東西要錢的，你有錢沒有？」

田思思道：「我……我……」

楊凡悠然道：「沒有錢去吃東西，叫吃白食，吃白食的人要捱板子的；寸把厚的板子打在屁股上，那滋味比餓還不好受。」

田思思紅著臉，咬著嘴唇，過了很久才鼓足勇氣，道：「你……你有錢沒有？」

楊凡道：「有一點，只不過我有錢是我的，你又不是我老婆，總不能要我養你吧！」

田思思咬著牙道：「誰要你養我？」

楊凡道：「你既不要我養你，又沒有錢，難道想一路餓到江南麼？」

田思思怔了半晌，吶吶道：「我……我可以想法子去賺錢。」

楊凡道：「那就好極了，你想怎麼樣去賺錢呢？」

田思思又怔住。

她這輩子從來也沒有賺過一文錢，真不知怎麼才能賺錢。

過了半晌，她才試探著問道：「你的錢是從哪裡來的？」

楊凡道：「當然是賺來的。」

田思思道：「怎麼賺來的？」

楊凡道：「賺錢的法子有很多種，賣藝、教拳、保鏢、護院、打獵、採藥、當伙計、做生意，什麼事我都幹過。」

他笑了笑，接道：「一個人若想不捱餓，就得有自力更生的本事，只要是正正當當的賺錢，無論幹什麼都不丟人的，卻不知你會幹什麼？」

田思思說不出話來了。

她什麼都不會，她會的事沒有一樣是能賺錢的。

楊凡悠然道：「有些人只會花錢，不會賺錢，這種人就算餓死，也沒有人會可憐的。」

田思思怒道：「誰要你可憐？」

楊凡道：「好，有骨氣，但有骨氣的人捱起餓來也一樣難受，你能餓到幾時呢？」

田思思咬著牙，幾乎快哭出來了。

楊凡道：「我替你想出了個賺錢的法子。」

田思思忍不住問道：「什麼法子？」

楊凡道：「你來替我趕車，一個時辰我給你一錢銀子。」

田思思道：「一錢銀子？」

楊凡道：「一錢銀子你還嫌少麼，你若替別人趕車，最多只有五分。」

田思思道：「好，一錢就一錢，可是……可是……」

楊凡道：「可是怎麼樣？」

田思思紅著臉，道：「我從來沒有趕過車。」

楊凡笑道：「那沒關係，只要是人，就能趕車，一個人若連馬都指揮不了，這人豈非是個驢子。」

田思思終於賺到了她平生第一次憑自己本事賺來的錢。

這一錢銀子可真不是好賺的。

趕了一個時辰的車後，她腰也痠了，背也疼了，兩條手臂幾乎已麻木，拉韁的手也已磨得幾乎出血。

從楊凡手裡接過這一錢銀子的時候，她眼淚幾乎又將流出來。

那倒並不是難受的淚，而是歡喜的淚。

她第一次享受到從勞力獲得代價的歡愉！

楊凡瞟著她，眼睛裡也發著光，微笑道：「現在你已有了錢，可以去吃東西了。」

田思思挺起腰，大聲道：「我自己會去吃，用不著你教我。」

她手裡緊緊握著這一錢銀子，只覺這小小的一塊碎銀子比她擁有的珠寶首飾都珍貴。

她知道世上再也沒有任何人能從她手上將這一錢銀子騙走。

絕沒有。

三

這市鎮並不大。

田思思找了家最近的飯舖走進去，挺起了胸膛走進去。

雖然手裡只有一錢銀子，但她卻覺得自己像是個百萬富翁，覺得自己從沒有如此富有過。
店裡的伙計雖然在用狐疑的眼色打量著，還是替她倒了碗茶來，道：「姑娘要吃點什麼？」
田思思先一口氣將這碗茶喝下去，才吐出口氣，道：「你們這裡有沒有香菇？」
無論在什麼地方，香菇都是有錢人才吃得起的。
伙計上上下下打量著她：「香菇當然有，而且是從老遠的地方來的，只不過貴得很。」
田思思將手裡的銀子往桌上一放，道：「沒關係，你先用香菇和火腿給我燉隻雞來。」
她決心要好好吃一頓。
店伙用眼角瞟著那一小塊銀子，冷冷道：「香菇火腿燉雞要五錢銀子，姑娘真的要？」
田思思怔住了。
怔了半天，慢慢的伸出手，悄悄將桌上的銀子蓋住。
她腦子裡根本就沒有價值的概念，根本就不知道一錢銀子是多少錢。
現在她知道了。
店伙道：「我們這裡有一錢銀子一客的客飯，一菜一湯，白飯儘管吃飽。」
一錢銀子原來只能吃一客「客飯」。
作一個時辰苦工的代價原來就只這麼多。
田思思忍住淚，道：「好，客飯就客飯。」

只聽一人道：「給我燉一碗香菇火腿肥雞，再配三四個炒菜，外加兩斤花雕。」

楊凡不知何時也已進來了，而且就坐在她旁邊一張桌上。

田思思咬著嘴唇，不望他，不聽他說的話，也不去看他。

飯來了，她就低著頭吃。

但旁邊火腿燉雞的香味卻總是要往她鼻子裡鑽。

一個人總不能閉著呼吸吧。

田思思恨恨道：「已經胖得像豬了，還要窮吃，難道想趕著過年時被人宰麼？」

楊凡還是不生氣，悠然笑道：「我的本事比你大，比你會賺錢，所以我吃得比你好，這本是天公地道的事，誰也不能生氣。」

這市鎮雖不大，這飯舖卻不小，而且還有雅座。

雅座裡忽然走出個滿臉脂粉的女人，一扭一扭的走到櫃台，把手一伸，道：「牛大爺要我到櫃台來取十兩銀子。」

掌櫃的笑道：「我知道，牛大爺已吩咐過了，今天來的姑娘，只要坐一坐，就有十兩銀子賞錢。」

他取出錠十兩重的銀子遞過去，笑道：「姑娘們賺錢可真方便。」

這女人接過銀子，一扭一扭的走出去，忽又回過頭來嫣然一笑，道：「你若覺得我們賺錢方便，爲什麼不要你老婆和女兒也來賺呢？」

掌櫃的臉色變了，就好像嘴裡忽然被人塞了個臭皮蛋。

田思思正在聽著，楊凡忽然道：「你是不是也覺得她賺錢比你方便？」

趕一個時辰車，只有一錢銀子，坐一坐就有十兩銀子。

看來這的確有點不公平。

楊凡又道：「她們賺錢看來的確很方便，因爲她們出賣的是青春和廉恥，無論誰只要肯出賣這些，賺錢都很方便的，只不過……」

他嘆了口氣，接著道：「這種錢賺的雖方便卻痛苦，只有用自己勞力和本事賺來的錢，花起來才問心無愧。」

田思思忍不住點了點頭，忽然覺得他說的話很有道理。

她第一次覺得這豬八戒並不像她想得那麼愚蠢。

「也許頭大的人確實想得比別人多些。」

她忽然覺得他就算吃得比別人多些，也可以值得原諒了。

九　排場十足的張好兒

在飯鋪的伙計心目中，來吃飯的客人大致可以分成兩種。

像田思思這樣，只吃客飯，當然是最低的一種。這種人非但不必特別招呼，連笑臉都不必給她。

像楊凡這樣一個人來，又點菜，又喝酒的，等級當然高多了。

因爲酒喝了，出手一定大方些，小賬就一定不會太少。

何況一個人點了四五樣菜，一定吃不完，吃剩下的菜，伙計就可以留著吃宵夜，若是還剩點酒下來，那更再好也沒有了。

在店伙眼中，這兩種人本來就好像是兩種完全不同的動物，但今天來的這兩個人卻好像有點奇怪。

這兩人本來明明是認得的，卻偏偏分開兩張桌子坐。

他們明明在跟對方說話，但眼睛誰也不去看誰，兩個人說話的時候都像是在自言自語。

「說不定他們是一對剛吵了嘴的小夫妻。」

店伙決定對這女客巴結些，他眼光若是不錯，今天晚上說不定會大有收獲，因爲和丈夫吵了架的女人往往都有機可乘，何況這女人看來並不聰明。

做一個小鎮上飯舖裡的伙計，樂趣雖然不多，但有時卻往往會有很意外的收獲。

他剛想走過去，突聽鑾鈴聲響，兩匹青騾在門外停下，兩個人偏身下鞍，昂著頭走進來，卻是兩個小孩子。

這兩匹騾看來簡直比馬還神氣，全身上下油光水滑，看不到一絲雜色，再配上新的鞍、發亮的蹬、鮮紅的韁繩。

這兩個孩子看來也比大人還神氣，兩人都只有十三四歲，梳著沖天小辮，穿著繡花小服，一雙大眼睛滴溜溜直轉，不笑的時候臉上也帶著兩個酒窩。

左面的一個手裡提著馬鞭，指著店伙的鼻子，瞪著眼，道：「你們這裡可就是鎮上最大的飯舖了麼？」

店伙陪著笑，還沒有開口，掌櫃的已搶著道：「鎮上最大的飯舖就是小店了，兩位無論想吃什麼，小店多多少少都有準備。」

這孩子皺了皺眉，回頭向另一個孩子道：「我早就知道這是個窮地方，連家像樣的飯舖都不會有。」

另一個孩子眼睛已在田思思臉上打了好幾轉，隨口道：「既然沒有更好的，就只有將就著點吧。」

提馬鞭的孩子搶著道：「這麼髒的地方，姑娘怎麼吃得下東西去？」

另一個孩子道：「你吩咐他們，特別做得乾淨些，也就是了。」

掌櫃的又搶著道：「是是是，我一定會要廚房裡特別留意，碗筷全用新的。」

提馬鞭的孩子道：「你們這裡最好的酒席多少錢一桌？」

掌櫃的道：「最好的燕翅席要五兩銀子……」

他話還未說完，這孩子又皺起了眉，道：「五兩銀子一桌的席怎麼能吃？你當我們是什麼人？沒上過飯館的鄉下人嗎？」

掌櫃的陪笑道：「只要客官吩咐，十兩銀子，二十兩銀子的席我們這裡也都做過。」

這孩子勉強點了點頭，道：「好吧，二十兩一桌的，你替我們準備兩桌。」

他隨手摸出錠銀子，「噹」的，拋在櫃台上，道：「這是訂錢，我們一會兒就來。」

他也盯了田思思兩眼，才拉著另一個孩子走出去，兩人咬著耳朵說了幾句話，忽然一起笑了。又笑著回頭盯了盯田思思，才一躍上鞍。

兩匹騾子一撒腿就走出了老遠。

只聽一人喝采道：「好俊的騾子，我入了關以來，倒真還沒見過。」

這人滿臉大鬍子，敞著衣襟，手裡還端著杯酒，剛從雅座裡走出來，一臉土霸王的模樣。

另一人立刻陪笑道：「若連牛大爺都說好，這騾子想必是不錯的了。」

這人臉色發青，眼睛發紅，看年紀還不到四十，就已彎腰駝背，若不是先天失調，就一定是酒色過度。

旁邊還有兩個人，一人高高瘦瘦的身材，腰畔佩著烏鞘劍，長得倒還不錯，只不過兩眼上翻，嘴角帶著冷笑，就好像真的認爲天下沒有比他再英俊的人了。

最後走出來的一人年紀最大，滿嘴黃板牙已掉了一大半，臉上的皺紋連熨斗都燙不平，但身上卻穿著件水綠色的長衫，手裡還握著柄赤金摺扇，剛走出門，就「噗」的一口濃痰吐在地上，色迷迷的眼睛已向田思思瞟了過去。

田思思直想吐。

這幾個人沒有一個不令她想吐的，和這幾人比起來，那大頭鬼看來還真比較順眼得多了。

牛大爺剛喝完了手裡端著的一杯酒，又道：「看這兩個孩子，他們的姑娘想必有點來頭。」

那病鬼又立刻陪笑道：「無論她有多大的來頭，既然來到這裡，就該先來拜訪拜訪牛大爺才是。」

牛大爺搖搖頭，正色道：「子秀，你怎麼能說這種狂話，也不怕美公和季公子見笑麼？要知道江湖中能人很多，像我這號的人物根本算不了什麼。」

這色迷迷的老頭子，原來叫「美公」，搖著摺扇笑道：「這是牛兄太謙了，關外牛魔王的名頭若還算不了什麼，我歐陽美的名頭豈非更一文不值了麼？」

牛大爺雖然還想作出不以爲然的樣子，卻已忍不住笑了出來，道：「兄弟在關外雖薄有名頭，但入關之後，就變成個鄉下人了，所以才只敢耽在這種小地方，不敢往大地方走，怎比得上美公？」

歐陽美笑道：「牛兄莫忘了，我們正是往大地方趕來拜訪牛兄的，只要人傑，地也就靈了。」

於是牛大爺哈哈大笑，田思思卻更要吐，但想想「牛魔王」這名字，卻又不禁暗暗好笑。

大小姐這一次南遊，見著的妖魔鬼怪還真不少，田心那一部南遊記若真能寫出來，想必精采得很。

牛大爺笑完了，又道：「美公見多識廣，不知是否已看出了這兩個孩子的來歷？」

歐陽美搖著摺扇，沉吟著道：「看他們的氣派，不是高官顯宦的子弟，就是武林世家的後代，就算說他們是王族的貴冑，我也不會奇怪的。」

牛大爺點點頭，道：「到底是美公有見地，以我愚見，這兩個孩子的姑娘說不定就是京裡哪一位王族的家眷，乘著好天回鄉探親去的。」

那位季公子一直手握著劍柄，兩眼上翻，此刻忽然冷笑道：「兩位這次只怕都看錯了。」

歐陽美皺了皺眉，勉強笑道：「聽季公子的口氣，莫非知道她的來歷？」

季公子道：「嗯。」

牛大爺道：「她是什麼人？」

季公子冷冷道：「她也不算是什麼人，只不過是個婊子。」

牛大爺怔了怔，道：「婊子？」

季公子道：「婊子是幹什麼的，牛兄莫非還不知道麼？」

牛大爺笑道：「但婊子怎會有這麼大的氣派？季公子只怕也看錯了。」

季公子道：「我絕不會錯，她不但是個婊子，而且還是個很特別的婊子。」

牛大爺的興趣更濃，道：「哪點特別？」

季公子道：「別的婊子是被人挑的，她這婊子卻要挑人；不但人不對她絕不肯上床，錢不對也不行，地方不對也不行。」

牛大爺笑道：「她那塊地方難道長著花麼？」

季公子道：「她那塊地方非但沒有花，連根草都沒有。」

牛大爺哈哈大笑，笑得連杯裡剩下的一點酒都潑了出來。

歐陽美一面笑，一面用眼角瞟著田思思。

田思思卻莫名其妙，這些話她根本都不懂，她決定以後要問問那大頭鬼，「婊子」究竟是幹什麼的。

牛大爺又笑道：「她既然是個白虎星，想必也不是什麼好貨色，憑什麼架子要比別人大？」

季公子道：「這只因男人都是賤骨頭，她架子愈大，男人愈想跟她上床。」

牛大爺點著頭笑道：「她這倒是摸透男人的心了，連我的心都好像已有點打動，等等說不定也得去試試看。」

歐陽美忽然拊掌道：「我想起來了。」

牛大爺道：「美公想起了什麼？」

歐陽美道：「季公子說的，莫非是張好兒？」

季公子道：「正是她！」

牛大爺笑道：「張好兒？她哪點好？好在哪裡？」

歐陽美道：「聽說這張好兒不但是江湖第一名妓，而且還是個俠妓，非但床上的功夫高人一等，手底下的功夫也不弱。」

牛大爺斜著眼，笑道：「如此說來，美公想必也動心了，卻不知這張好兒今天晚上挑中的是誰？」

兩人相視大笑，笑得卻已有點勉強。

一沾上「錢」和「女人」，很多好朋友都會變成冤家。

何況他們根本就不是什麼好朋友。

牛大爺的眼角又斜到季公子的臉上，道：「季公子既然連她那地方有草沒草都知道，莫非已跟她有一手？」

季公子嘿嘿的笑。

無論誰看到他這種笑，都會忍不住想往他臉上打一拳。

他冷笑著道：「奇怪的是，張好兒怎會光顧到這種地方來，難道她知道這裡有牛兄這麼樣個好戶頭？」

牛大爺的笑也好像變成了冷笑，道：「我已準備出她五百兩，想必總該夠了吧？」

季公子還是嘿嘿的笑，索性連話都不說了。

那「子秀」已有很久沒開口，此刻忍不住陪笑道：「她那地方就算是金子打的，五百兩銀子也足夠買下來了，我這就替牛大爺準備洞房去。」

只要有馬屁可拍，這種人是絕不會錯過機會的。

牛大爺卻又搖著頭，淡淡道：「慢著，就算她肯賣，我還未必肯買哩，五百兩銀子畢竟不是偷來的。」

有種人的馬屁好像專門會拍到馬腿上。

歐陽美大笑道：「你只管去準備，只要有新娘子，還怕找不到新郎？」

田思思實在忍不住，等這三人一走回雅房，就悄悄問道：「婊子是幹什麼的？難道就是新娘子？」

楊凡忍住笑，道：「有時候是的。」

田思思道：「是誰的新娘子？」

楊凡道：「很多人的。」

田思思道：「一個人怎麼能做很多人的新娘子？」

楊凡上下看了她兩眼，道：「你真的不懂？」

田思思噘起嘴，道：「我要是懂，爲什麼問你？」

楊凡嘆了口氣，道：「她當然可以做很多人的新娘子，因爲她一天換一個新郎。」

開飯舖的人，大多都遵守一個原則：「有錢的就是大爺。」

無論你是婊子也好，是孫子也好，只要你能吃得起二十兩銀子一桌的酒席，他們就會像伺候祖宗似的伺候你。

店裡上上下下的人已全都忙了起來，擺碗筷的擺碗筷，擦凳子的擦凳子。

碗筷果然都是全新的，比田思思用的那副碗筷至少強五倍，連桌布都換上了做喜事用的紅巾。

田思思的臉比桌布還紅，她總算明白婊子是幹什麼的了。

那些人剛才說的話，到現在她才聽懂。

她只希望自己還是沒有聽懂，只恨楊凡爲什麼要解釋得如此清楚。

「這豬八戒想必也不是個好東西，說不定也做過別人的一夜新郎。」

這豬八戒是不是好人，其實跟她一點關係都沒有，但也不知爲了什麼，一想到這裡，她忽然就生起氣來，嘴噘得簡直可以掛個酒瓶子。

「這張好兒究竟是個怎麼樣的人，究竟好在什麼地方？」

她又不免覺得好奇。

千呼萬喚始出來，姍姍來遲了的張好兒總算還是來了。

一輛四匹馬拉著的車，已在門外停下。

剛走進雅座的幾個人，立刻又衝了出來。

掌櫃的和伙計早都已彎著腰，恭恭敬敬的等在門口，腰雖然彎得很低，眼角卻又忍不住偷偷往上瞟。

最規矩的男人遇到最不規矩的女人時，也會忍不住要去偷偷瞧兩眼的。

過了很久，車門才打開，又過了很久，車門裡才露出一雙腳來。

一雙纖纖瘦瘦的腳，穿著雙軟緞子的繡花鞋，居然沒帶襪子。

只看到這雙腳，男人的三魂六魄已經飛走一大半。

腳剛沾著地，又縮回。

立刻有人在車門前鋪起了一條鮮紅的地氈，跟著馬車來的，除了那兩個孩子外，好像還有七八個人。

但這些人是男是女，長得是什麼樣子？誰也沒有看見。

每個人的眼睛都已盯在這雙腳上。

腳總算下了地。

這雙腳旁邊，還有兩雙腳。

兩個花不溜丟的小姑娘，扶著張好兒走下了馬車，慢慢的走了進來。

她一手捧著心，一手輕扶著小姑娘的肩，兩條柳眉輕輕的皺著，櫻桃小嘴裡帶著一聲聲嬌喘。

「張好兒果然好得很。」

她究竟好在哪裡呢？誰也不太清楚，只知道她這樣的一定是好的，沒有理由不好，非好不可。

她的確很漂亮，風姿也的確很優美。

但田思思左看右看，愈看愈覺得她不像是個真人。

她的臉雖漂亮，卻像是畫上去的，她風姿雖優美，卻像是在演戲。

她扮的也許是西施，但田思思卻覺得她像是個東施。

布袋戲裡的東施。

她這人簡直就像是個假人。

奇怪的是，屋子裡的男人眼睛卻都已看得發直，就連豬八戒那雙又細又長的眼睛，都好像也變得有點色迷迷的。

田思思真想把這雙眼睛挖出來。

張好兒走起路來也很特別，就好像生怕踩死螞蟻似的，足足走了兩三盞茶功夫，才從門口走到掌櫃的爲她擺好的座位前。

等她坐下時，每個人都忍不住長長吐出口氣，提著的心才放了下來。

因爲她扭得那麼厲害，叫人忍不住爲她提心吊膽，生怕她還沒有走到時腰已扭斷，骨頭就已扭散。

張好兒的眼睛卻好像是長在頭頂上的，根本沒有向這些人瞧過一眼。

她剛坐下，四熱盆就端上了桌子。

這桌酒席原來只有她一個人吃。

可是她只不過用筷子，將菜撥了撥，就又將筷子放下，就好像發現菜裡面有隻綠頭蒼蠅似的。

每樣菜都原封不動的端下去，好像每樣菜裡面都有隻蒼蠅。

到最後她只吃了一小碗稀飯，幾根醬菜。

醬菜還是她自己帶來的。

「既然不吃，爲什麼要叫這麼大一桌菜呢？」

「我們姑娘叫菜只不過是叫來看看的。」

這就是派頭。

男人們簡直快瘋了。

女人喜歡有派頭的男人，男人又何嘗不喜歡有派頭的女人？

「能跟派頭這麼大的女人好一好，這輩子也算沒有白活了。」

牛大爺只覺心裡癢癢的，忍不住跨大步走了過去，用最有豪氣的姿勢抱了抱拳，笑著道：「可是張姑娘？」

張好兒連眼皮都沒有抬，淡淡道：「我是姓張。」

牛大爺道：「我姓牛。」

張好兒道：「原來是牛大爺，請坐。」

她說話也像是假的——就像是在唱歌。

牛大爺的三魂六魄已全都飛得乾乾淨淨，正想坐下去。

張好兒忽又道：「牛大爺，你認得我嗎？」

牛大爺怔了怔，笑道：「今日才有緣相見，總算還不遲。」

張好兒道：「這麼樣說來，你並不認得我。」

牛大爺只好點點頭。

張好兒道：「我好像也不認得你。」

牛大爺只好又點點頭。

張好兒道：「你既不認得我，我也不認得你，你怎麼能坐下來呢？」

牛大爺的臉已發紅，勉強笑道：「是你自己叫我坐下來的。」

張好兒淡淡道：「那只不過是句客套話而已，何況……」

她忽然笑了笑，道：「我若叫牛大爺跪下來，牛大爺也會跪下來嗎？」

牛大爺的臉已紅得像茄子，脾氣卻偏偏發不出來。

派頭這麼大的女人居然對你笑了笑，你怎麼還能發脾氣？

看那牛大爺像是條牛般怔在那裡，歐陽美的眼睛已亮了，把手裡的摺扇搖了搖，人也跟著搖了搖，搖搖晃晃的走過來，全身的骨頭好像已變得沒有四兩重。

牛大爺瞪著他，要看看他說什麼。

他什麼話也沒有說，只掏出一大錠黃澄澄的金子，擺在桌上。

歐陽美活了五六十年，總算不是白活的。

他已懂得在這種女人面前，根本就不必說話。

他已懂得用金子來說話。

金子有時也能說話的，而且比世上所有的花言巧語都更能打動女人的心，尤其在這種女人面前，也只有金子說的話她才聽得進。

他用手指在金子上輕輕彈了彈，張好兒的眼波果然瞟了過來。

歐陽美笑了，對自己的選擇很得意。

他選的果然是最正確的一種法子。

誰知張好兒只瞧了一眼，就又昂起了頭。

歐陽美道：「這錠金子說的話，張姑娘難道沒有聽見麼？」

張好兒道：「它在說什麼？」

歐陽美搖著摺扇，笑道：「它在說，只要張姑娘點點頭，它就是張姑娘的了。」

張好兒眨眨眼，道：「它真的在說話？我怎麼沒聽見呢？」

歐陽美怔了怔，又笑道：「也許它說話的聲音還嫌太輕了些。」

世上若還有比一錠金子說的話聲音更大的，那就是兩錠金子。

歐陽美又掏出錠金子放在桌上，用手指彈了彈，笑道：「現在張姑娘總該聽見了吧？」

張好兒道：「沒有。」

歐陽美的眉也皺了起來，咬咬牙，又掏出了兩錠金子。

金子既然已掏了出來，就不如索性表現得大方些了。

歐陽美的確笑得大方得很，悠然道：「現在張姑娘想必已聽見了吧？」

張好兒道：「沒有。」

她回答得簡單而乾脆。

歐陽美的表情就好像被針刺了一下，失聲道：「還沒有聽見，四錠金子說的話連聾子都該聽見了。」

張好兒忽然擺了擺手，站在她身後的小姑娘也拿了四錠金子出來，擺在桌上。

這四錠金子比歐陽美的四錠還大得多。

張好兒道：「你是不是聾子？」

歐陽美搖搖頭。

他還弄不懂張好兒這是什麼意思？

張好兒淡淡道：「你既然不是聾子，爲什麼這四錠金子說的話你也沒有聽見呢？」

歐陽美道：「它在說什麼？」

張好兒道：「它在說，只要你快滾，滾遠些，它就是你的了。」

歐陽美的表情看來已不像是被一根針刺著了。

他表情看來就像是有五百根針一齊刺在他臉上，還有三百根針刺在他屁股上。

牛大爺忽然大笑，笑得彎下了腰。

就連田思思也不禁暗暗好笑，她覺得這張好兒非但有兩下子，而且的確是個很有趣的人。

女人若看到女人折磨男人時，總會覺得很有趣的，但若看到別的女人被男人折磨時，她自己也會氣得要命。

男人就不同了。

男人看到男人被女人折磨，非但不會同情他，替他生氣，心裡反而會有種秘密的滿足，甚至會覺得很開心。

牛大爺現在就開心極了。

比起歐陽美來，張好兒總算是對他很客氣，說不定早已對他有意思，只怪他自己用錯了法子而已。

幸好現在補救還不算太遲。

「只要有錢，還怕壓不死這種女人？」

牛大爺的大爺派頭又擺出來了，挺起胸膛，乾咳了兩聲，道：「像張姑娘這樣的人，自然不會將區區幾錠金子看在眼裡。」

他拍了拍胸膛，接著又道：「無論張姑娘要多少，只要開口就是，只要張姑娘肯點頭，無論要多少都沒關係。」

這番話說出來，他自己也覺得實在豪氣如雲。

張好兒的眼波果然向他瞟了過來，上上下下的瞧著他。

牛大爺的骨頭都被她看酥了，只恨自己剛才爲什麼不早擺出大爺的派頭來，讓這女人知道牛大爺不但捨得花錢，而且花得起。

張好兒忽然道：「你要我點頭，究竟是想幹什麼呢？」

這女人倒還真會裝蒜。

牛大爺笑了，乜斜著眼，笑道：「我想幹什麼，你難道還不明白？」

張好兒道：「你想要我陪你睡覺是不是？」

牛大爺大笑道：「張姑娘說話倒真爽快。」

張好兒忽然向外面招招手，道：「把金花兒牽過來。」

金花兒是條母狗，又肥又壯的母狗。

張好兒柔聲道：「無論牛大爺要多少，只管開口就是，只要牛大爺肯陪我這金花兒睡一覺，無論要多少都沒關係。」

歐陽美忽然大笑，笑得比牛大爺剛才還開心。

牛大爺臉上青一陣，紅一陣，連青筋都一根根凸起。

季公子一直背著雙手，在旁邊冷冷的瞧著，這時才施施然走過來，淡淡道：「其實兩位也不必生氣，張姑娘既然看到我在這裡，自然是要等我的。」

他擺出最瀟灑的架子，向張好兒招了招手，道：「你還等什麼，要來就來吧。」

十 寂寞的大小姐

張好兒忽然不說話了。

每個人都以爲她要說出很難聽的話來時，她卻忽然不說話了。

因爲她知道無論說多難聽的話，也沒有像不說話兇。

這簡直可以氣得人半死，氣得人發瘋。

季公子不但臉已發紅，連脖子都好像比平時粗了兩倍，剛才擺了半天的「公子」派頭，現在已完全無影無蹤。

最氣人的是，張好兒雖然不說話，他卻已知道張好兒要說什麼。

更氣人的是，他已知道別人都知道。

張好兒看看金花兒，又看看他，臉上帶著滿意的表情，就好像拿他倆當做天生的一對兒。

季公子終於忍不住跳了起來，怒道：「你還有什麼話說？你說！」

張好兒偏不說。

金花兒卻「汪」的一聲，向他竄了過去，還在他面前不停的搖尾巴。

季公子大怒道：「畜牲，滾開些。」

金花兒「汪汪汪」的叫。

季公子一腳踹了過去，喝道：「滾！」

金花兒：「汪！」

牛大爺忍不住大笑，道：「這人總算找到說話的對象了。」

又有個人悠然道：「看他們聊得倒蠻投機的。」

季公子的眼睛都氣紅了，連說話的這人是誰都沒看到，「嗆」的一聲，劍已出手，一劍刺了出去。

忽然間一雙筷子飛來，打在他手背上。

他的劍落下去時，金花兒已一口咬住他的手，重重咬了一口。

季公子的人已好像剛從水裡撈起來一樣，全身都已被冷汗濕透。

他已看出這雙筷子是從哪裡飛來的。

金花兒啣起筷子，搖著尾巴送了回去，牠好像也知道這雙筷子是誰的。

每個人都知道，但卻都幾乎不能相信。

季公子的劍並不慢，誰也想不到張好兒的出手居然比這有名的劍客還快。

張好兒只皺了皺眉，她身後已有個小姑娘伸手將筷子接了過去，道：「這雙筷子已不能用了。」

張好兒終於說話了。

她輕輕拍著金花兒的頭，柔聲道：「小乖乖，別生氣，我不是嫌你的嘴髒，是嫌那個人的手髒。」

這也許就是張好兒比別的女人值錢的地方。

她不但懂得在什麼時候說什麼樣的話，也懂得對什麼人說什麼樣的話。

最重要的是，她還懂得在什麼時候不說話。

田思思已覺得這人實在有趣極了。

她一直不停的在笑，回到房裡，還是忍不住要笑。

房間是楊凡替她租的，雖然不太好，也不太大，總算是間屋子。

田思思本來一直耽心，晚上不知睡到什麼地方去，她已發現自己不但吃飯成問題，連睡覺都成問題。

誰知楊凡好像忽然又發了慈悲，居然替她在客棧裡租了間房，而且還很關照她，要她早點睡覺。

「這豬八戒畢竟還不算是太壞的人。」

田思思咬著嘴唇，一個人偷偷的直笑，彷彿又想到了一件很有趣的事，笑得彎下了腰。

「把田心嫁給他倒不錯，一個小嘶嘴，一個大腦袋，倒也是天生的一對。」

至於她自己，當然不能嫁給這種人。

像田大小姐這樣的人，當然要秦歌那樣的大人物才配得上。

想到秦歌，想到那飛揚的紅絲巾，她的臉又不覺有點發紅、發熱。

屋子裡靜悄悄的，連一絲風都沒有。

這見了鬼的六月天，簡直可以悶得死人。

田思思真恨不得將身上的衣服全都脫光，又實在沒這麼大的膽子。

想睡覺，又睡不著。

她躺下去，又爬起來。

「地上一定很涼，赤著腳走走也不錯。」

她脫下鞋子，又脫下襪子，看看自己的腳，又忘了要站起來走走。

她好像已看得有點痴了。

女人看著自己的腳時，常常都會胡思亂想的，尤其是那些腳很好看的女人。

腳好像總跟某種神秘的事有某種神秘的聯繫。

田思思的腳很好看，至少她自己一向很欣賞。

但別人是不是也會很欣賞呢？

她不知道，很少人能看到她的腳，她當然不會讓別人有這種機會，但有時心裡卻又偷偷的想讓人家看一看。

忽然有隻蚊子從床下飛出來，叮她的腳。

至少這隻蚊子也很欣賞她的腳。

所以她沒有打死這隻蚊子，只揮了揮手將蚊子趕走算了。

蚊子已在她腳底心叮了一口，她忽然覺得很癢，想去抓，腳心是抓不得的，愈抓愈癢，不抓也不行。

死蚊子，為什麼別的地方不咬，偏偏咬在這地方。

她想去打死這死蚊子的時候，蚊子早已不知飛到哪裡去了。

她咬著嘴唇，穿起襪子。

還是癢，好像一直癢到心裡去了。

她又咬著嘴唇，脫下襪子，閉起眼睛，用力一抓，才長長吐出口氣，忽然發現身上的衣服不知什麼時候已濕透。

這時候能跳到冷水裡去有多好？

田思思用一隻手捏著被蚊子咬過的腳，用另一隻腳跳到窗口，用另一隻手輕輕的推開窗子。

窗外有樹、有牆、有人影，有飛來飛去的蒼蠅，追來追去的貓和狗……幾乎什麼東西都有，就只沒有水。

她唯一能找得到的冷水，在桌上的杯子裡。

她一口喝了下去。

外面傳來更鼓，二更。

她嚇了一跳，幾乎將杯子都吞了下去。

二更，只不過才二更，她還以爲天已經快亮了；誰知這又長、又悶、又熱的夏夜只不過剛開始。

屋子裡忽然變得更熱了，這漫漫的長夜怎麼捱得過去？

有個人聊聊，也許就好得多了。

她忽然希望楊凡過來陪她聊聊，可是那大頭鬼一吃飽就溜回房去，關起了門，現在說不定已睡得跟死豬一樣。

吃飽了就睡，不像豬像什麼？

「我就偏偏不讓他睡，偏偏要吵醒他。」

田大小姐想要做的事，若有人能叫她不做，那簡直是奇蹟。

奇蹟很少出現的。

悄悄推開門，外面居然沒有人。

這種鬼天氣，連院子裡都沒有風，有人居然能關起門來睡覺，真是本事。

楊凡的房就在對面，門還是關得很緊，窗子裡卻有燈光透出。

「居然連燈都來不及吹熄，就睡覺了，也不怕半夜失火，把你烤成燒豬麼？」

田思思又好氣，又好笑，悄悄穿過院子。

地上好涼。

她忽然發現自己非但忘記穿鞋，連襪子都還提在手裡。

看看自己的腳，怔了半天，她嘴角忽然露出一絲微笑。

笑得就像是個剛吃了三斤糖的小狐狸，甜甜的，卻有點不懷好意。

田思思將襪子揉成一團，塞在衣服裡，就這樣赤著腳走過去。

爲什麼赤著腳就不能見人？誰生下來是穿著鞋子的？

田大小姐想要做的事，當然都有很好的解釋。

門關得很嚴密，連一條縫都沒有。

她想敲門，又縮回手。

「我若敲門，他一定不會理我的，豬八戒只要一睡著，連天塌下來也都不會理。」

田思思眼珠子轉了轉。

「我為什麼不能這樣闖進去嚇他一跳？」

想到楊凡也有被人嚇一跳的時候，她什麼都不想了。

她立刻就撞門衝了進去——客棧不是錢庫，門自然不會做得很結實。

她只希望楊凡的心結實點，莫要被活活嚇死。

楊凡沒有被嚇死，他簡直連一點吃驚的樣子都沒有，還是動也不動的坐在那裡，就像是張木頭做的椅子。

他的確是張椅子，因為還有個人坐在他身上。

一個很好看的人。

一個女人。

張好兒也沒有被嚇一跳。

她笑得還是很甜，樣子還是很斯文，別的女人就算坐在客廳裡的椅子上，樣子也不會有她這麼斯文。

她非但坐在楊凡身上，還勾住了楊凡的脖子。

唯一被嚇了一跳的人，就是田思思自己。

她張大了嘴，瞪大了眼睛，那表情就好像剛吞下一整個雞蛋。

張好兒春水般的眼波在她身上一溜，嫣笑道：「你們認得的？」

楊凡笑了笑，點了點頭。

張好兒道：「她是誰呀？」

楊凡道：「來，我替你們介紹介紹，這位是張姑娘，這位是跟我剛剛訂了親，還沒有娶過門的老婆。」

他將一個坐在他腿上的妓女介紹給他未來的妻子，居然還是大馬金刀，四平八穩的坐著，完全沒有一點慚愧抱歉的樣子，也完全沒有一點要將張好兒推開的意思。

田思思若真有嫁給他的打算，不被他活活氣死才怪，——就算沒有嫁給他的打算，也幾乎被他氣得半死。

這大頭鬼實在太不給她面子了。

更氣人的是，張好兒居然也連一點站起來的意思都沒有。

她只是朝田思思眨了眨眼，道：「你真是未來的楊夫人？」

最氣人的是，田思思想不承認都不行，氣得連話都說不出。

不說話就是默認。

張好兒笑了，哈哈的笑著道：「我本來還以爲是女採花盜哩，三更半夜的闖進來，想不到原來真是未來的楊夫人，失禮失禮，請坐請坐。」

她拍了拍楊凡的腿，又笑道：「要不要我把這位子讓給你？」

田思思忽然一點也不覺得這人有趣了，只恨不得給她幾個大耳刮子。

但看到楊凡的那種得意的樣子，她忽又發覺自己絕不能生氣。

「我愈生氣，他們愈得意。」

田大小姐畢竟是聰明人，一想到這裡，臉上立刻露出了笑容。

笑容雖不太自然，但總算是笑容。

張好兒的眼波好像又變成了把蘸了糖水的刷子，在她身上刷來刷去。

田思思索性裝得更大方些，居然真找了張椅子坐了下來，微笑著道：「你們用不著管我，也用不著拘束，我反正坐坐就要走的。」

張好兒笑道：「你真大方，天下的女人若都像你這麼大方，男人一定會變得長命些。」

她居然得寸進尺，又勾住了楊凡的脖子，媚笑著說道：「你將來能娶到這麼樣一位賢慧的夫人，可真是運氣。」

田思思也學著她的樣子，歪著頭媚笑道：「其實你也用不著太誇獎我，我若真有嫁給他的意思，現在早已把你的頭髮都扯光了。」

張好兒眨眨眼，道：「你不打算嫁給他？」

田思思笑道：「就算天下的男人都死光了，我也不會嫁給他。」

她忽又嘆了口氣，喃喃道：「我只奇怪一件事，怎麼會有女人看上這麼樣一個豬八戒的。」

她好像在自言自語，聲音說得很小，卻又剛好能讓別人聽得見。

張好兒笑道：「這就叫，蘿蔔青菜，各有所愛。」

她也嘆了口氣，喃喃道：「有些小丫頭連男人都沒有見過幾個，根本還分不出哪個人好，哪個人壞，就想批評男人了，這才是怪事。」

她也像是在自言自語，聲音卻也剛好說得能讓別人聽見。

田思思眨眨眼，笑道：「你見過很多男人麼？」

張好兒道：「也不算太多，但千兒八百個總是有的。」

田思思故意作出很吃驚的樣子，道：「那可真不少，看起來已經夠資格稱得上是男人的專家了。」

她嫣然笑著道：「據我所知，天下只有做一種事的女人，才能見到這麼多男人，卻不知張姑娘是幹哪一行的呢？」

這句話說出，她自己也很得意！

「這下子看你怎麼回答我，看你還能不能神氣得起來？」

無論如何，張好兒幹的這一行，總不是什麼光榮的職業。

張好兒卻還是笑得很甜，媚笑道：「說來也見笑得很，我只不過是個小小的慈善家。」

慈善家這名詞在當時還不普遍，不像現在很多人都自稱慈善家。

田思思怔了怔，道：「慈善家是幹什麼的？」

張好兒道：「慈善家也有很多種，我是專門救濟男人的那種。」

田思思又笑了，道：「那倒很有意思，卻不知你救濟男人些什麼呢？」

張好兒道：「若不是我們，有很多男人這一輩子都休想碰到真正的女人，所以我就盡量安慰他們，盡量讓他們開心。」

她媚笑著道：「你知道，一個男人若沒有真正的女人安慰，是很可憐的，真正的女人偏偏又沒有幾個。」

這人倒是真懂得往自己臉上貼金。

田思思眼珠子一轉，笑道：「若不是你，只怕有很多男人的錢也沒地方花出去。」

張好兒道：「是呀，我可不喜歡男人變成守財奴，所以盡量讓他們學得慷慨些。」

她看看田思思，又笑道：「你喜歡男人都是守財奴嗎？」

兩人說話都帶著刺，好像恨不得一下子就將對方活活刺死。

但兩人臉上卻還是笑瞇瞇的。

楊凡看看張好兒，又看看田思思，臉上帶著滿意的表情，好像覺得欣賞極了。

「這豬八戒就好像剛吃了人參果的樣子。」

田思思真想不出什麼話來氣氣他。

張好兒忽又嘆了口氣，喃喃道：「時候不早了，是該回去睡覺的時候了。」

她嘴裡雖這麼說，自己卻一點也沒有回去睡覺的意思。

田思思當然明白她是想要誰回去睡覺。

「你要我走，我偏偏不走，看你們能把我怎樣？」

其實她究竟是爲了什麼不走，她自己也未必知道。

她心裡雖然有點酸溜溜的，但你就算殺了她，她也不會承認。

張好兒說了一句話，得不到反應，只好再說第二句。

她故意看看窗子，道：「現在不知道是什麼時候，大概不早了吧。」

田思思眨眨眼，道：「張姑娘要回去了嗎？」

張好兒笑道：「反正也沒什麼事，多聊聊也沒關係，你呢？」

田思思嫣然道：「我也沒事，也不急。」

兩個人好像都打定了主意：「你不走，我也不走。」

但話說到這裡，好像已沒有什麼話好說了，只有乾耗著。

楊凡忽然輕輕推開張好兒，笑道：「你們在這裡聊聊，我出去逛逛，兩個女人中多了個大男人，反而變得沒有什麼好聊的了。」

他居然真的站起來，施施然走出去。

「你們不走，我走。」

對付女人，的確再也沒有更好的法子。

「想不到這豬八戒還是個大滑頭。」

田思思恨得牙癢癢的，想走，又不好意思現在就跟著走。

不走，又實在跟張好兒沒話說。

天氣好像更悶了，悶得令人連氣都透不過來。

張好兒忽然道：「田姑娘這次出來，打算到些什麼地方去呀？」

田思思道：「江南。」

十一 安排

張好兒道：「江南可實在是個好地方，卻不知田姑娘是想去隨便逛逛呢？還是去找人？」

田思思道：「去找人。」

現在楊凡已走了，她已沒有心情擺出笑臉來應付張好兒。

張好兒卻還是在笑，嫣然道：「江南我也有很多熟人，差不多有點名氣的人，我都認得。」

這句話倒真打動田思思了。

田思思道：「你真的認得很多人？你認不認得秦歌？」

張好兒笑道：「出來走走的人，不認得秦歌的只怕很少。」

田思思眼睛立刻亮了，道：「聽說他這人也是整天到處亂跑的，很不容易找得到。」

張好兒道：「你到江南去，就是爲了找他？」

田思思道：「嗯。」

張好兒笑道：「那麼你幸虧遇到了我，否則就要白跑一趟了。」

田思思道：「爲什麼？」

張好兒道：「他不在江南，已經到了中原。」

田思思道：「你……你知道他在哪裡？」

張好兒點點頭，道：「我前天還見過他。」

看她說得輕描淡寫的樣子，好像常常跟秦歌見面似的。

田思思又是羨慕，又是妒忌，咬著嘴唇，道：「他就在附近？」

張好兒道：「不遠。」

張好兒道：「不能。」

田思思沉吟了半晌，終於忍不住囁嚅著道：「你能不能告訴我他在哪裡？」

田思思怔住了，怔了半晌，站起來就往外走。

張好兒忽又笑了笑，悠然道：「但我卻可以帶你去找他。」

田思思立刻停下腳，開心得幾乎要叫了起來，道：「真的？你不騙我？」

張好兒笑道：「我爲什麼要騙你。」

田思思忽然又覺得她是個好人了。

田大小姐心裡想到什麼，要她不說出來實在很困難，她轉身走到張好兒面前，拉起張好兒的手，嫣然道：「你真是個好人。」

張好兒笑道：「我也一直覺得你順眼得很。」
田思思道：「你……你什麼時候能帶我去找他？」
張好兒道：「隨時都可以，只怕——有人不肯讓你去。」
田思思道：「誰不肯讓我去？」
張好兒指了指門外，悄悄道：「豬八戒。」
田思思也笑了，又噘起嘴，道：「他憑什麼不肯讓我去？他根本沒資格管我的事。」
張好兒道：「你真的不怕？」
田思思冷笑道：「怕什麼，誰怕那大頭鬼？」
張好兒道：「你現在若敢去，我現在就帶你去，明天你也許就能見到秦歌了。」
田思思大喜道：「那麼我們現在就走，誰不敢走誰是小狗。」
張好兒眨眨眼，笑道：「那麼我們現在就從窗子裡溜走，讓那大頭鬼回來時找不到我們乾著急，你說好不好？」
田思思笑道：「好極了。」

二

能讓楊凡生氣著急的事，她都覺得好極了。

於是田大小姐又開始了她新的歷程。

路上不但比屋裡涼快，也比院子裡涼得多。

風從街頭吹過來，吹到街尾。

田思思深深吸了口氣，忽然覺得腳心冰冷，才發覺自己還是赤著腳。

那豬八戒居然從頭到尾都沒有看到過她的腳。

田思思暗中咬了咬牙，道：「我……我回去一趟好不好？」

張好兒道：「還回去幹什麼？」

她笑了笑，又道：「你用不著擔心他真的會著急，跟著我的那些人都知道我會去哪裡，明天也一定會告訴他的。」

田思思嘛起嘴，冷笑道：「他急死我也不管，我只不過是想回去穿鞋子。」

張好兒道：「我那裡有鞋子，各式各樣的鞋子都有。」

田思思道：「可是……我難道就這樣走去麼？」

張好兒道：「我知道有個地方，再晚些都還能僱得到車。」

田思思嘆了口氣，道：「你真能幹，好像什麼事都知道。」

張好兒也嘆了口氣，道：「田姑娘，那也是沒法子的事，一個女人在外面混，若不想法子照顧自己，是會被男人欺負的。」

田思思恨恨道：「男人都不是好東西。」

張好兒笑道：「好的實在不多。」

田思思忽又問道：「但你怎麼知道我姓田的？難道是那大頭鬼告訴你的？」

張好兒道：「嗯。」

田思思道：「他還跟你說了些什麼？」

張好兒笑笑道：「男人跟你說的話，你最好還是不聽。」

田思思道：「我聽聽有什麼關係？反正他無論說什麼，我都當他放屁。」

張好兒沉吟著，道：「其實他沒說你什麼，只不過說你小姐脾氣太大了些，若不好好管教你，以後更不得了。」

田思思叫了起來，道：「見他的大頭鬼，他管教我？他憑什麼？」

張好兒道：「他還說你遲早總會嫁給他的，所以他才不能不管教你。」

田思思恨恨道：「你別聽他放屁，你想想，我會不會嫁給那種人？」

張好兒道：「當然不會，他哪點能耐配得上你？」

田思思瞟了她一眼，忽又笑道：「但你卻好像對他不錯。」

張好兒笑了笑，道：「我對很多男人都不錯。」

田思思道：「但對他好像有點特別，是不是？」

張好兒道：「那只因我跟他已經是老朋友了。」

田思思道：「你已認得他很久？」

張好兒道：「嗯。」

過了半晌，她又笑了笑，道：「你千萬不要以爲他是個老實人，他看來雖老實，其實花樣比誰都多，他說的話簡直連一個字都不能相信。」

田思思淡淡道：「我早就說過，他無論說什麼，我都當他放屁。」

她嘴裡這麼說，心裡卻好像有點不舒服，她自己罵他是一回事，別人罵他又是另外一回事了。

「無論如何，這大頭鬼總算幫過我忙的。」

田大小姐可不是忘恩負義的人，她已下了決心，以後只要有機會，她一定要好好的報答他一次。

她心裡好像已出現了一幅圖畫：

「那豬八戒正被人打得滿地亂爬，田大小姐忽然騎著匹白馬出現了，手裡揮著鞭子，將那些妖魔鬼怪全都用鞭子抽走。」

下面的一幅圖畫就是：

「豬八戒跪在田大小姐的白馬前，求田大小姐嫁給他，田大小姐只冷笑了一聲，反手抽了他一鞭子，打馬而去；有個脖子上繫著紅絲巾的英俊少年，正痴痴的在滿天夕陽下等著她。」

想到這裡，田大小姐臉上不禁露出了可愛的微笑。

「也許我不該抽得太重，只輕輕在他那大頭上敲一下，也就是了。」

這時街上真的響起了馬蹄聲。

張好兒笑道：「看來我們的運氣真不錯，用不著去找，馬車已經自己送上門來了。」

有些人運氣好像天生很好。

來的這輛馬車不但是空的，而且是輛很漂亮、很舒服的新車子。

趕車的也是個很和氣的年輕人，而且頭上還繫著條紅絲巾。

鮮紅的紅絲巾在晚風中飛揚。

田思思已看得有些痴了。

看到這飛揚的紅絲巾，就彷彿已看到了秦歌。

趕車的卻已被她看得有點不好意思，搭訕著笑道：「姑娘還不上車？」

田思思的臉紅了紅，忍不住道：「看你也繫著條紅絲巾，是不是也很佩服秦歌？」

趕車的笑道：「當然佩服，江湖中的人誰不佩服秦大俠。」

田思思道：「你見過他？」

趕車的嘆了口氣，道：「像我們這種低三下四的人，哪有這麼好的運氣？」

田思思道：「你很想見他？」

趕車的道：「只要能見到秦大俠一面，要我三天不吃飯都願意。」

田思思笑了，聽到別人讚美秦歌，簡直比聽別人讚美她自己還高興。

她抿嘴一笑，道：「我明天就要和他見面了，他是我的……我的好朋友。」

她並沒有覺得自己在說謊，因爲在她心目中，秦歌非但已是她的好朋友，而且簡直已經是她的情人，是她未來的丈夫。

趕車的目中立刻充滿了羨慕之意，嘆息著道：「姑娘可真是好福氣……」

田思思的身子輕飄飄的，就像是已要飛了起來。

她也覺得自己實在是好福氣，選來選去，總算沒有選錯。

秦歌真是個了不起的大人物。

三

車馬停下。

車馬停下時，東方已現出曙色。

田思思正在做夢，一個又溫馨、又甜蜜的夢。

夢中當然不能缺少秦歌。

她實在不願從夢中醒來，但張好兒卻在搖著她的肩。

田思思揉揉眼睛，從車窗裡望出去。

一道朱紅色的大門在曙色中發著光，兩個巨大的石獅子蹲踞在門前。

田思思眨了眨眼，道：「到了嗎？這是什麼地方？」

張好兒道：「這就是寒舍。」

田思思笑了。「寒舍」這種名詞從張好兒這種人嘴裡說出來，她覺得很滑稽、很有趣。

也許現在無論什麼事她都會覺得很有趣。

張好兒道：「你笑什麼？」

田思思笑道：「我在笑你太客氣，假如這種地方也算是『寒舍』，要什麼樣的屋子才不是寒舍呢？」

張好兒也笑了，笑得很開心，聽到別人稱讚自己的家，總是件很開心的事。

田思思卻已有點臉紅，她忽然發覺自己已學會了虛僞客氣。

其實無論什麼人看到這地方都會忍不住讚美幾句的。

朱門上的銅環亮如黃金，高牆內有寬闊的庭院，雕花的廓柱，窗子上糊著空白的粉紋紙，卻被覆院的濃蔭映成淡淡的碧綠色。

院子裡花香浮動，鳥語啁啾，堂前正有雙燕子在啣泥做窩。

田思思道：「這屋子是你自己的？」

張好兒道：「嗯。」

田思思道：「是你自己買下來的？」

張好兒道：「前兩年剛買的，以前的主人是位孝廉，聽說很有學問，卻是個書呆子，所以我價錢買得很便宜。」

田思思嘆了口氣，又笑道：「看來做『慈善家』這一行真不錯，至少總比讀書中舉好得多。」

張好兒的臉好像有點發紅，扭過頭去輕輕乾咳。

田思思也知道自己說錯話了，訕訕的笑著，道：「秦歌今天會到這裡來？」

張好兒道：「我先帶你到後面去歇著，他就算不來，我也能把他找來。」

後園比前院更美。

小樓上紅欄綠瓦，從外面看過去宛如圖畫，從裡面看出來也是幅圖畫。

田思思嘆了口氣，道：「這地方好美。」

張好兒道：「天氣太熱的時候，我總懶得出去，就在這裡歇著。」

田思思道：「你倒真會享福。」

其實她住的地方也絕不比這裡差，卻偏偏有福不會享，偏要到外面受罪。

張好兒笑道：「你若喜歡這地方，我就讓給你，你以後跟秦歌成親的時候，就可以將這裡當洞房。」

田思思眼圈好像突然發紅，忍不住拉起她的手，道：「你爲什麼對我這麼好？」

張好兒柔聲道：「我早就說過，一看你就覺得順眼，這就叫緣份。」

她拍了拍田思思的手，又笑道：「現在你應該先好好洗個澡，再好好睡一覺，秦歌來的時候，我自然會叫醒你，你可得打扮得漂亮些呀。」

田思思不由自主的低下頭，看看自己又髒又破的衣服，看看那雙赤腳，忍不住輕輕嘆了口氣。

張好兒笑道：「你的身材跟我差不多，我這就去找幾件漂亮的衣服，叫小蘭送過來。」

田思思道：「小蘭？」

張好兒道：「小蘭是我新買的丫頭，倒很聰明伶俐，你若喜歡，我也可以送給你。」

田思思看著她，心裡真是說不出的感激。

無論幹哪一行的都有好人，她總算遇著了一個真正的好人。

牆上掛著幅圖畫。

白雲縹緲間，露出一角朱門，彷彿是仙家樓閣。

山下流水低迴，綠草如茵，一雙少年男女互相依偎著，坐在流水畔，綠草上，彷彿已忘卻今夕何夕？今世何世？

畫上題著一行詩：「只羨鴛鴦不羨仙。」

好美的圖畫，好美的意境。

「假如將來有一天，我跟秦歌也能像這樣子，我也絕不會想做神仙。」

田思思正痴痴的看著，痴痴的想著，外面忽然有人在輕輕敲門。

門是虛掩著的。

田思思道：「是小蘭嗎？……進來。」

一個穿著紅衣服的俏丫頭，捧著一大疊鮮艷的衣服走了進來，低著頭道：「小蘭聽姑娘的吩咐。」

她大大的眼睛，小小的嘴，不生氣時嘴也好像是噘著的。

田思思幾乎忍不住大聲叫了出來。

田心！

這俏丫頭赫然竟是田心。

田思思衝過去抱住她，將她捧著的一疊衣服都撞翻在地上。

「死丫頭，死小鬼，你怎麼也跑到這裡來了？什麼時候來的？」

這丫頭瞪大了眼睛，好像顯得很吃驚，吃吃道：「我已來了兩年。」

田思思笑罵道：「小鬼，還想騙我？難道以爲我已認不出你了麼？」

這丫頭眨眨眼道：「姑娘以前見過我？」

田思思道：「你難道沒見過我？」

這丫頭道：「沒有。」

田思思怔了怔，道：「你已不認得我？」

這丫頭道：「不認得。」

田思思也開始有點吃驚，揉揉眼睛，道：「你……你難道不是田心？」

這丫頭道：「我叫小蘭，大小的小，蘭花的蘭。」

看她一本正經的樣子，並不像說謊，也不像是開玩笑。

田思思道：「你……你莫非被鬼迷住了？」

小蘭看著她，就好像看著個神經病似的，再也不想跟她說話了，垂著頭道：「姑娘若是沒什麼別的吩咐，我這就下去替姑娘準備水洗澡。」

她不等話說完，就一溜煙的跑了下去。

田思思怔住了。

「她難道真的不是田心？」

「若不是田心，又怎會長得跟田心一模一樣，甚至連那小嘛嘴，都活脫脫是一個模子裡刻出來的。」

「天下真有長得這麼像的人？」

田思思不信，卻又不能不信。

兩個很健壯的老媽子，抬著一個很好看的澡盆走進來。

盆裡的水清澈而芬芳，而且還是熱的。

小蘭手裡捧著盒荳蔻澡豆，還有條雪白的絲巾，跟在後面，道：「要不要我侍候姑娘洗澡？」

田思思瞪著她，搖搖頭，忽又大聲道：「你真的不是田心？」

小蘭嚇了一跳，用力搖搖頭，就好像見了鬼似的，又溜了。

田思思嘆了口氣，苦笑著喃喃道：「我才是真的見了鬼了……天下真有這麼巧的事？……」

她心裡雖然充滿了懷疑，但那盆熱水的誘惑卻更大。

沒有任何一個三天沒洗澡的女人，還能抗拒這種誘惑的。

「無論怎麼樣，先洗個澡再說吧。」

田思思嘆了口氣，慢慢的解開了衣鈕。

對面有個很大的圓銅鏡，映出了她苗條動人的身材。

她的身材也許沒有張好兒那麼豐滿成熟，但她的皮膚卻更光滑，肌肉卻更堅實，而且帶著種處女獨有的溫柔彈性。

她的腿筆直，足踝纖巧，線條優美。

她的身子還沒有被男人擁抱過。

她在等，等一個值得她愛的男人，無論要等多久她都願意等。

秦歌也許就是這男人。

她臉上泛起一陣紅暈，好像已變得比盆裡的水還熱些。

貼身的衣服已被汗濕透，她柔美的曲線已完全在鏡中現出。

她慢慢的解開衣襟，整個人忽然僵住！

屋裡有張床，大而舒服。

床上高懸著錦帳。

錦帳上掛著粉紅色的流蘇。

田思思忽然從鏡子裡看到，錦帳上有兩個小洞。

小洞裡還發著光。

眼睛裡的光。

有個人正躲在帳子後面偷看著她。

田思思又驚又怒，氣得全身都麻木了。

她用力咬著嘴唇，拚命壓制著自己，慢慢的解開第一粒衣鈕，又慢慢的開始解第二粒……

突然間，她轉身竄過去，用力將帳子一拉。

帳子被拉倒，赫然有個人躲在帳後。

一個動也不動的人。

偷看大姑娘洗澡的人，若是突然被人發現，總難免要大吃一驚。

但這人非但動也不動，臉上也完全沒有絲毫吃驚之色。

這難道不是人，只不過是個用石頭雕成的人像？

十二　煮熟的鴨子

一

田思思知道他是個人。

非但知道他是個人，而且還認得他。

「葛先生！」

那惡鬼般的葛先生，陰魂不散，居然又在這裡出現了？

田思思嚇得連嗓子都已發啞，連叫都叫不出來，連動都不能動。

葛先生也沒有動。

他非但腳沒有動，手沒有動，連眼珠子都沒有動。

一雙惡鬼般的眼睛，直勾勾的瞪著田思思，眼睛裡也全無表情。

但沒有表情比任何表情都可怕。

田思思好容易才能抬起腳，轉身就往外跑。

跑到門口，葛先生還是沒有動。

他為什麼不追？

難道他已知道田思思跑不了？

田思思躲到門後，悄悄的往裡面看了看，忽然發現葛先生一雙死灰色的眼睛，還是直勾勾的瞪在她原來站著的地方。

「這人莫非突然中了邪？」

田思思雖然不敢相信她有這麼好的運氣，心裡雖然還是怕，但這惡魔若是中了邪，豈非正是她報復的機會？

這誘惑更大，更不可抗拒。

田思思咬著嘴唇，一步一步，慢慢的往裡走。

葛先生還是不動，眼睛還是直勾勾的瞪著原來的地方。

田思思慢慢的彎下腰，從澡盆上的小凳子上拿起那盒澡豆。

盒子很硬，好像是銀子做的。

無論誰頭上被這麼硬的盒子敲一下，都難免會疼得跳起來。

田思思用盡全身力氣，將盒子摔了出去。

「咚」的，盒子打在葛先生頭上。

葛先生還是沒有動，連眼珠子都沒有動，好像一點感覺都沒有。

但他的頭卻已被打破了。

一個人的頭被打破，若還是一點感覺都沒有，那麼他就算不是死人，也差不多了。

田思思索性將那小凳子也摔了過去。

這次葛先生被打得更慘，頭上的小洞已變成大洞，血已往外流。

但他還是動也不動。

田思思鬆了口氣，突然竄過去，「吧」的，給了他個大耳光。

他還是不動。

田思思笑了，狠狠的笑道：「姓葛的，想不到你也有今天。」

田大小姐不是個很兇狠的人，心既不黑，手也不辣。

但她對這葛先生卻實在恨極了，從心裡一直恨到骨頭裡。

她一把揪住葛先生的頭髮，將他整個人提了起來，反手又是一耳光，「劈劈啪啪」，先來了十七八個大耳光，氣還是沒有出。

洗澡水還是熱的，熱得在冒氣。

一個人的頭若被按在這麼熱的洗澡水裡，那滋味一定不好受。

田思思就將葛先生的頭按了進去。

水裡並沒有冒泡。

難道他已連氣都沒有了，已是個死人。

田思思手已有點發軟，將他的頭提起來。

他眼睛還是直勾勾的瞪著，還是連一點表情也沒有。

田思思有點慌了，大笑道：「喂，你聽得見我說話麼？……你死了沒有？」

突聽一人格格笑道：「他沒有死，卻已聽不見你說話了。」

笑聲如銀鈴。

其實很少有人能真的笑得這麼好聽，大多數人的笑聲最多也只不過像銅鈴，有時甚至像是個破了的銅鈴。

田思思用不著回頭，就知道張好兒來了。

笑聲也是幹「慈善家」這一行最重要的條件之一。

張好兒自然是這一行中的大人物，所以她不但笑得好聽，也很好看。

田思思恨恨道：「你認得這人？」

張好兒搖搖頭，笑道：「這種人還不夠資格來認得我。」

田思思冷笑道：「那麼他又怎麼會做了這裡的入幕之賓？」

張好兒眨眨眼，道：「你真不知道他怎麼來的？」

田思思道：「我當然不知道。」

張好兒道：「我也不知道。」

她忽又笑了笑，道：「但我卻知道他怎麼會變成這樣子的。」

田思思道：「快說。」

張好兒道：「你難道看不出他被人點住了穴道？」

田思思這才發現葛先生果然是被人點了穴道的樣子，而且被點的穴道絕不止一個地方。

葛先生武功並不弱，她一向都很清楚，若說有人能在他不知不覺中點住他七八處穴道，這種事簡直令人難以相信。

田思思忍不住道：「是你點了他的穴？」

張好兒笑道：「怎麼會是我？我哪有這麼大的本事。」

田思思道：「不是你是誰？」

張好兒悠然道：「你猜猜看，若是猜不出，我再告訴你。」

田思思道：「我猜不出。」

她嘴裡「猜不出」的時候，心裡已猜出了，忽然跳了起來，道：「難道是秦歌？」

張好兒道：「猜對了。」

田思思張大了嘴，瞪大了眼睛，好像隨時都要暈了過去。

過了很久，她才能長長吐了口氣，道：「他……他已經來了？」

張好兒道：「已來了半天。」

她又解釋著道：「他來的時候，看到有人鬼鬼祟祟竄到這小樓上來，就在暗中跟著，這人在帳子上挖洞的時候，他就點了他的穴道。」

帳子後果然有個小窗子，他們想必就是從窗子裡掠進來的。

張好兒笑道：「奇怪的是，帳子後面出了那麼多事，你居然一點都不知道——你那時難道在做夢？」

田思思的確在做夢，一個不能對別人說出來的夢。

她紅著臉，低下頭，道：「他的人呢？」

張好兒道：「他點住這人的穴道後，才去找我……」

田思思忽然打斷了張好兒的話，咬著嘴唇道：「那時他爲什麼不告訴我一聲，也免得我被這人……被這人……」

「偷看」這兩個字，她實在說不出來。

張好兒笑道：「他雖然不是君子，但看到女孩子在脫衣服時，還是不好意思出來見面的。」

田思思的臉在發燙，低著頭道：「他……他剛才也看見了？」

張好兒道：「帳子上還有兩個洞，就算是君子，也會忍不住要偷看兩眼的。」

田思思不但臉在發熱，心好像也在發熱，囁嚅著道：「他說了我什麼？」

張好兒笑道：「他說你不但人長得漂亮，腿也長得漂亮。」

田思思道：「真的？」

張好兒嘆了口氣，道：「爲什麼不是真的？我若是男人，我也會這麼說的。」

田思思頭垂得更低，雖然不好意思笑，卻又忍不住在偷偷的笑。

對一個少女說來，天下絕沒有比被自己意中人稱讚更美妙的事了。

張好兒道：「我只問你，你現在想不想見他？」

田思思道：「他在哪裡？」

張好兒道：「就在樓下，我已經帶他來了。」

這句話還沒有說完，田思思已要轉身往外面走。

張好兒一把拉住了她，朝她身上嗅了嗅嘴，笑道：「你這樣子就想去見人？」

田思思紅著臉笑了。

張好兒道：「你就算已急得不想洗澡，但洗洗腳總來得及吧。」

水還是熱的。

葛先生已被塞到床底下。

張好兒道：「暫時就請他在這裡趴一下，等等再想法子修理他。」

田思思用最快的速度洗好腳，但穿衣服的時候就慢了。

衣服有好幾件，每件都很漂亮。

田思思挑來選去，忍不住要向張好兒求教了。

男人喜歡的是什麼，張好兒自然知道得比大多數人都清楚。

田思思道：「你看我該穿哪件呢？」

張好兒上上下下瞧了她幾眼，笑道：「依我看，你不穿衣服的時候最好看。」

她的確很瞭解男人，你說對不對？

二

田思思下樓的時候，心一直在不停的跳。

秦歌長得究竟是什麼樣子？有沒有她想像中那麼英俊瀟灑？

田思思只知道他身上一定有很多刀疤。

但男人身上有刀疤，非但不難看，反而會顯得更有英雄氣概。

無論如何，她總算能跟她心目中的大人物見面了。

田思思閉著眼睛，邁下最後一步梯子，再睜開眼。

她就看到了秦歌！

秦歌幾乎和她想像中完全一模一樣——簡直就是少女們夢中幻想的那種男人。

他身材比普通人略為高一點，卻不算太高。

他的肩很寬，腰很細，看來健壯而精悍，尤其是在穿著一身黑衣服的時候。

他的眼睛大而亮，充滿了熱情。

一條鮮紅的絲巾，鬆鬆的繫在脖子上。

田思思忽然發現，紅絲巾繫在脖子上，的確比繫在任何地方都好看。

秦歌看到她的時候，目中帶著種溫柔的笑意，無論誰看到他的這雙眼睛，都不會再注意他臉上的刀疤了。

他看到田思思的時候，就站了起來，不但目中帶著笑意，臉上也露出了溫和瀟灑的微笑。

他顯然很喜歡看到田思思，而且毫不掩飾的表示了出來。

田思思的心跳得更厲害。

她本來應該大大方方走過去的，但卻忽然在樓梯口怔住。

她忽然發覺自己忘了一件事。

從一開始聽到秦歌這名字的時候，她就有了許許多多種幻想。

她當然想到過自己見到秦歌時是什麼情況，也幻想過自己倒在他懷裡時，是多麼溫馨，多麼甜蜜。

她甚至幻想過他們以後在一起生活的日子，她會陪他喝酒、下棋、騎馬，陪他闖蕩江湖，她要好好照顧他，每天早上，她都會爲他在脖子上繫上一條乾淨的紅絲巾，然後替他煮一頓可口的早餐。

她什麼都想過，也不知想了多少遍。

但她卻忘了一件事。

她忘了去想一見到他時，應該說些什麼話。

在幻想中，她一見到秦歌，就已倒在他懷裡。

現在她當然不能這麼樣做，當然知道自己應該先陪他聊聊天，卻又偏偏想不出應該說些什麼？

秦歌好像也不知該說些什麼，只是溫柔的笑著，道：「請坐。」

田思思低著頭，走過去坐下來，坐下來時還是想不出該說什麼。

這本是她花了無數代價才換來的機會，她多少應該表現得大方些，聰明些，但到了這種節骨眼上，她卻偏偏忽然變得像是舌頭短了三寸的呆鳥。

她簡直恨不得把自己的舌頭割下來，拿去給別人修理修理。

張好兒偏偏也不說話，只是扶著樓梯遠遠的站在那裡，看著他們微笑。

幸好這時那俏丫頭小蘭已捧了兩盞茶進來，送到他們身旁的茶几上。

她也垂著頭，走到田思思面前時，彷彿輕輕說了兩個字。

但田思思暈暈忽忽的，根本沒聽見她在說什麼。

小蘭只好走了。

她走的時候，嘴噘得好高，像是又著急，又生氣。

張好兒終於慢慢走了過來，道：「這裡難道是個葫蘆店麼？」

秦歌怔了怔，道：「葫蘆店？」

張好兒吃吃笑道：「若不是葫蘆店，怎會有這麼大的兩個閉嘴葫蘆。」

秦歌笑了，抬頭看了看窗外，道：「今天天氣好像不錯。」

張好兒道：「哈哈哈。」

秦歌道：「哈哈哈是什麼意思？」

張好兒道：「一點意思也沒有，就好像你說的那句話一樣，說了等於沒說。」

秦歌又笑了笑，道：「你要我說什麼？」

張好兒眨眨眼，道：「你至少應該問問她，貴姓呀？大名呀？府上哪裡呀？……這些話難道也要我來教你？」

秦歌輕輕咳嗽了兩聲，道：「姑娘貴姓？」

田思思道：「我姓田，叫田思思。」

張好兒皺著眉，道：「這是有人在說話，還是蚊子叫？」

田思思也笑了，屋子裡的氣氛這才輕鬆了一點。

秦歌剛想說什麼，那俏丫頭小蘭忽又垂頭走了進來，走到田思思面前，捧起几上的茶，也不知怎的，手忽然一抖，一碗茶全都潑翻在田思思身上。

小蘭趕緊去擦，手忙腳亂的在田思思身上亂擦。

田思思覺得她的手好像乘機往自己懷裡摸了摸，她看來並不像這麼樣笨手笨腳的人，田思思剛覺得有點奇怪，張好兒已沉下臉，道：「你跑來跑去的幹什麼？」

小蘭的臉色有點發白，垂首道：「我……我怕田姑娘的茶涼了，想替她換一盅。」

張好兒沉著臉道：「誰叫你多事的，出去，不叫你就別進來。」

小蘭道：「是。」

她又低著頭走了出去，臨走的時候，好像還往田思思身上瞟了一眼，眼色彷彿有點奇怪。

難道她有什麼秘密要告訴田思思？

田思思完全沒有想到這一點，她看著身上的濕衣服，已急得要命，哪裡還有功夫去想別的。

何況，這丫頭假如真的有話要說，剛才送衣服去的時候，就已經應該說出了，完全沒有理由要等到這種時候再說。

田思思咬著嘴唇，忽然道：「我……我想去換件衣服。」

秦歌立刻道：「姑娘請。」

他站了起來，微笑著道：「在下也該告辭了，姑娘一路煩勞，還是休息一會兒的好。」

他居然就這麼樣一走了之。

等他一出門，張好兒就急得直跺腳，道：「我好容易才安排了這機會讓你們見面，你怎麼竟讓煮熟的鴨子飛了？」

田思思漲紅了臉，道：「我……我也不知道爲了什麼，一看見他，我就說不出話來。」

張好兒道：「這樣子你還想鎖住他？人家看見你這種呆頭呆腦的樣子，早就想打退堂鼓了，否則又怎會走？」

田思思道：「下次……下次我就會好些的。」

張好兒冷笑道：「下次？下次的機會只怕已不多了。」

田思思拉起她的手，央求著，道：「君子有成人之美，你就好人做到底吧。」

張好兒用眼角瞄著她，「噗哧」一笑，道：「我問你，你對他印象怎麼樣？你可得老實說。」

田思思臉又紅了，道：「我對他印象當然……當然很好。」

張好兒道：「怎麼樣好法？」

田思思道：「他雖然那麼有名，但卻一點也不驕傲，一點也不粗魯，而且對我很有禮貌。」

她眼波朦朧，就像做夢似的。

張好兒盯著她，道：「還有呢？」

田思思輕輕嘆了口氣，道：「別的我也說不出了，總之他是個很好的人，我並沒有看錯他。」

張好兒道：「你願意嫁給他？」

田思思咬著嘴角，不說話。

張好兒道：「這可不是我的事，你若不肯說老實話，我可不管了。」

田思思急了，紅著臉道：「不說話的意思你難道還不懂？」

張好兒又「噗哧」一聲笑了，搖著頭道：「你們這些小姑娘呀，真是一天比一天會作怪了。」

她又正色接著道：「既然你想嫁給他，就應該好好的把握住機會。」

田思思終於點了點頭。

張好兒道：「現在機會已不多了，我最多也不過只能留住他一兩天。」

田思思道：「一兩天？——只有一兩天的功夫怎麼夠？」

張好兒道：「兩天已經有二十四個時辰，二十四個時辰已經可以做很多事了，假如換了我，兩個時辰就已足夠。」

田思思道：「可是……可是我真不知道應該做些什麼？」

張好兒輕輕擰了擰她的臉，笑道：「傻丫頭，有些事用不著別人教你也該知道的，難道你還真要我送你們進洞房麼？」

她銀鈴般嬌笑著走了出去，笑聲愈來愈遠。

門還開著。

風吹在濕衣服上，涼颼颼的。

田思思痴痴的想著，隨手拉了拉衣襟，忽然有個紙捲從懷裡掉下來，可是她根本沒有注意。

「有些事用不著別人教的。」

田思思只覺自己的臉又在發燙，咬著嘴唇，慢慢的走上樓。

十三 拜天地

一

樓下很靜，一個人也沒有。

那俏丫頭小蘭又低著頭走進來，想是準備來收拾屋子。

她看到地上的紙捲，臉色忽然變了，立刻趕過去撿起來。

紙捲還是捲得好好的，顯然根本沒有拆開來過。

她噘著嘴，輕輕跺著腳，好像準備衝上樓去。

就在這時，樓上忽然發出了一聲驚呼。

床底下的葛先生忽然不見了。

田思思本來幾乎已完全忘了他這個人，一看到秦歌，她簡直連自己是誰都忘了。

等到她坐到床上，才想起床底下還有個鬼。

鬼就是鬼，你永遠不知道他什麼時候來，更不知他什麼時候走，他若纏住了你，你就永遠不得安寧。

田思思的驚呼聲就好像真的遇著鬼一樣。

葛先生這人也的確比鬼還可怕。

直到張好兒趕來的時候，她還在發抖，忽然緊緊抱住張好兒，失聲痛哭了起來，嗄聲道：「那人已走了。」

張好兒輕輕拍著她，柔聲道：「走了就走了，你不用怕，有我在這裡，你什麼都用不著害怕。」

田思思道：「可是我知道他一定還會再來的，他既然知道我在這裡，就絕不會輕易放過我。」

張好兒道：「他究竟是什麼人？爲什麼要這樣子纏著你？」

田思思流著淚道：「我也不知道他爲什麼一定要纏住我？我既不欠他的，也沒有得罪他，我……我根本和他一點關係都沒有。」

張好兒道：「但是你卻很怕他！」

田思思顫聲道：「我的確怕他，他根本不是人……」

只聽一人道：「無論他是人是鬼，你都用不著怕他，他若敢再來，我就要他回不去。」

秦歌也趕來了。

他的聲音溫柔而鎮定，不但充滿了自信，也可以給別人信心。

張好兒卻冷笑道：「他這次本來就應該回不去的，若是我點了他的穴道，連動都動不了。」

秦歌淡淡的笑了笑，道：「這的確要怪我出手太輕，因爲那時我還不知道他是什麼人。」

張好兒道：「偷偷溜到別人閨房裡，在別人帳子上挖洞的，難道還有什麼好人？」

秦歌道：「可是我……」

張好兒根本不讓他說話，又道：「不管你怎麼說，這件事你反正有責任，我這小妹妹以後假如出了什麼事，我就唯你是問。」

秦歌嘆了口氣，苦笑著喃喃道：「看來我以後還是少管閒事的好。」

張好兒道：「但你現在已經管了，所以就要管到底。」

秦歌道：「你要我怎麼管？」

張好兒道：「你自己應該知道。」

秦歌沉吟著，道：「你是不是要我在這裡保護田姑娘？」

張好兒這才展顏一笑，嫣然道：「你總算變得聰明些了。」

田思思躲在張好兒懷裡，也忍不住要笑。

她本來還覺得張好兒有點不講理，現在才明白了她的意思。

她這麼樣做了，就是爲了要安排機會，讓他們多接近接近。

張好兒又道：「我不但要你保護她，還要你日日夜夜的保護她，一直到你抓到那人為止。」

秦歌道：「那人若永遠不再露面呢？」

張好兒眨眨眼，道：「那麼你就得保護她一輩子。」

這句話實在說得太露骨，就算真是個呆子，也不會聽不出她的意思。

不但田思思臉紅了，秦歌的臉好像也有點發紅。

但是他並沒有拒絕，連一點拒絕的表示都沒有。

田思思又歡喜，又難為情，索性躲在張好兒懷裡不出來。

張好兒卻偏偏要把她拉出來，輕拭著她的淚痕，笑道：「現在你總該放心了吧，有他這種人保護你，你還怕什麼？……你還不肯笑一笑？」

田思思想笑，又不好意思，雖不好意思，卻還是忍不住笑了出來。

張好兒招手道：「笑了笑了，果然笑了！」

田思思悄悄擰了她一把，悄悄道：「討厭！」

張好兒忽然轉過身，道：「你們在這裡聊聊，我失陪了。」

她嘴裡說著話，人已往外走。

田思思趕緊拉住了她，著急道：「你真的要走？」

張好兒道：「既然有人討厭我，我還在這裡幹什麼？」

田思思急得紅了臉，道：「你……你不能走。」

張好兒笑道：「爲什麼不能走？他可以保護你一輩子，我可不能，我……我還要去找個人來保護我哩。」

她忽然摔脫田思思的手，一縷煙跑下了樓。

田思思傻了。

她忽然變得站也不是，坐也不是，一雙手也不知該往什麼地方放才好，一雙腳更不曉得往哪裡藏才對，思潮起伏，有如亂麻，她只覺自己的一顆心在「噗通噗通」的跳。

秦歌好像正微笑著在看她。

她卻不敢看過去，但閉著眼睛也不行，睜開眼睛又不知該往哪裡看才好，只有垂著頭，看看自己一雙春蔥般的手。

秦歌好像也在看著她的手。

她又想將手藏起來，但東藏也不對，西藏也不對，簡直恨不得把這雙手割下來，找塊布包住。

只可惜現在真的要割也來不及了。

秦歌的手已伸過來，將她的手輕輕握住。

田思思的心跳得更厲害，好像已經快跳出了腔子，全身的血都已沖上了頭，只覺得秦歌好像在她耳邊說著話，聲音又溫柔、又好聽。

但說的究竟是什麼，她卻根本沒有聽清楚，連一個字都沒有聽清楚。

秦歌好像根本不是在說話，是在唱歌。

歌聲又那麼遙遠，就彷彿她孩子時在夢中聽到的一樣。

她痴痴迷迷的聽著，似已醉了。

也不知過了多久，她才發覺秦歌的手已輕輕攬住了她的腰。

她的身子似已在秦歌懷裡，已可感覺到他那灼熱的呼吸。

他的呼吸也變得急促了起來，嘴裡還在含含糊糊的說著話。

田思思更聽不清他在說什麼，只覺得他的手越抱越緊……

他好像忽然變成有三隻手了。

田思思的身子開始發抖，想推開他，卻偏偏連一點力氣也沒有，只覺整個人彷彿在騰雲駕霧似的。

然後她才發現身子已被秦歌抱了起來，而且正往床那邊走。

她就算什麼事都不太懂，現在也知道情況有點不妙了。

但這豈非正是她一直在夢中盼望著的麼？

「不，不是這樣子的，這樣子不對。」

究竟是什麼地方不對，她也並不太清楚。

她只覺現在一定要推開他，一定要拒絕。

但拒絕好像已來不及了。

在她感覺中，時間好像已停頓，秦歌應該還站在原來的地方。

但也不知怎麼回事，她忽然發覺自己的人已在床上。

床很軟。

溫暖而柔軟，人躺在床上，就彷彿躺在雲堆裡。

她非但已沒有力氣拒絕，更沒有時間拒絕。

男女間的事有時候實在很微妙，你若沒有在適當的時候拒絕，以後就會忽然發現根本沒有拒絕的機會了。

因爲你已將對方的勇氣和信心都培養了出來。

現在就算拒絕，也已沒有用。

秦歌的聲音更甜，更溫柔。

男人只有在這種時候，聲音才會如此甜蜜溫柔。

這種時候，就是他已知道對方已漸漸無法拒絕的時候。

這也正是男人最開心，女人最緊張的時候。

田思思緊張得全身都似已僵硬。

就在這時，外面忽然有人在敲門。

只聽小蘭的聲音在門外道：「田姑娘、秦少爺，你們要不要吃點心，我剛燉好了燕窩粥。」

秦歌從床上跳起來，衝過去，拉開門大聲道：「誰要吃這見鬼的點心，走！快走！走遠點！」

他聲音兇巴巴的，一點也不溫柔了。

小蘭噘著嘴，悻悻的下了樓。

秦歌正想關上門，誰知他自己也被人用力推了出去。

田思思不知何時也已下了床，用盡全身力氣，將他推出了門。

「砰」的，門關上。

田思思身子倒在門上，喘著氣，全身衣裳都已濕透。

秦歌當然很吃驚，用力敲門：「你這是幹什麼？爲什麼把我推出來？快開門。」

田思思咬著牙，不理他。

秦歌敲了半天門，自己也覺得沒趣了，喃喃道：「奇怪，這人難道有什麼毛病？」

田思思也開始有點懷疑了：「我究竟是不是真的有毛病？」

這本是她夢中盼望著的事，夢中思念的人，但等到這件事真的實現，這個人真的已在她身旁時，她反而將這人推了出去。

聽到秦歌下樓的聲音，她雖然鬆了口氣，但心裡空空的，又彷彿失去了什麼。

「他這一走，以後恐怕就不會再來了。」

田思思的臉色雖已變得蒼白，眼圈兒卻紅了起來，簡直恨不得立刻就大哭一場。

但就在這時，樓梯上又有腳步聲響起。

「莫非他又回來了？」

田思思的心又開始「噗通噗通」的在跳，雖然用力緊緊抵住了門，卻又巴望著他能一腳將門踢開。

她想的究竟是什麼，連她自己也不知道。

「快開門，是我。」這是張好兒的聲音。

田思思雖又鬆了口氣，卻又好像覺得有點失望。

門開了。

張好兒氣沖沖的走了進來，一屁股坐在椅子上，鐵青著臉，忽然大聲的問道：「你究竟是怎麼回事？是不是有毛病？」

田思思搖搖頭，又點點頭，坐下去，又站起來。

看到她這種失魂落魄的樣子，張好兒的火氣才平了些，嘆著氣道：「我好不容易才替你安排了這麼樣個好機會，你怎麼反而將別人趕走了？」

田思思臉又紅了，低著頭道：「我……我怕。」

張好兒道：「怕？有什麼好怕？他又不會吃了你。」

說到這裡，她自己也忍不住「噗哧」一笑，柔聲道：「你現在又不是小孩子了，還怕什麼？這種事本就是每個人都要經過的，除非你一輩子不想嫁人。」

田思思咬著嘴唇，道：「可是……可是他那種急吼吼的樣子，教人怎麼能不怕呢！」

張好兒笑道：「噢……原來你並不是真的怕，只不過覺得他太急了些。」

她走過來輕撫著田思思的頭髮，柔聲道：「這也難怪你，你究竟還是個大姑娘，但等你到了我這樣的年紀，你就會知道，男人愈急，就愈表示他喜歡你。」

田思思道：「他若真的喜歡我，就應該對我尊重些。」

張好兒又「噗哧」一聲笑了，道：「傻丫頭，這種事怎麼能說他不尊重你呢？你們若是在大庭廣眾之下，他這麼樣做就不對了，但只有你們兩個人在房裡的時候，你就該順著他一點。」

她眨著眼笑了笑，悄悄的道：「以後你就會知道，你只要在這件事上順著他一點，別的事他就會完全聽你的；女人想要男人聽話，說來說去也只有這一招。」

田思思臉漲得通紅，這種話她以前非但沒聽過，簡直連想都不敢想。

張好兒道：「現在我只問你一句話，你究竟是不是真的對他有意思？」

田思思囁嚅著道：「他呢？」

張好兒道：「你用不著管他，我只問你，願意不願意？」

田思思鼓足勇氣，紅著臉道：「我若願意，又怎麼樣呢？」

張好兒道：「只要你點點頭，我就作主，讓你們今天晚上就成親。」

田思思嚇了一跳，道：「這麼快？」

張好兒道：「他後天就要回江南了，你若想跟他回去，就得趕快嫁給他，兩人有了名份，一路上行走也方便些。」

田思思道：「可是……可是我還得慢慢的想一想。」

張好兒道：「還想什麼，他是英雄，你也是個俠女，做起事來就應該痛痛快快的；再想下去，煮熟的鴨子只怕就要飛了。」

她正色接著道：「這是你千載難逢的好機會，你若不好好把握住，以後再想找這麼樣一個人，滿街打鑼都休想找得到。」

田思思道：「可是……可是你也不能這麼樣逼我呀。」

張好兒嘆了口氣，道：「現在你說我逼你，以後等到別人叫你『秦夫人』的時候，你就會感激我了，要知道『秦夫人』這頭銜可不是隨隨便便就能得到的，天下也不知道有多少個女孩子早就等著想要搶到手呢。」

田思思閉上了眼睛。

她彷彿已看到自己和秦歌並肩齊馳，回到了江南，彷彿已看到一大群、一大群的人迎在他們的馬前歡呼。

「秦夫人果然長得真美，和秦大俠果然是天生的良緣佳偶，也只有這麼樣的美人，才配得上秦大俠這樣的英雄。」

其中自然還有個腦袋特別大的人，正躲在人群裡偷偷的看著她，目光中又是羨慕，又是妒忌。

那時她就會帶著微笑對他道：「你不是說我一定嫁不出去嗎？現在你總該知道自己錯了吧。」

她甚至好像已看到這大頭鬼後悔得快要哭出來的表情。

只聽張好兒悠然道：「我看你還是趕快決定吧，否則『秦夫人』這頭銜只怕就要被別人搶走了。」

田思思忽然大聲道：「只有我才配做秦夫人，誰也休想搶走。」

二

嫁衣是紅的，田思思的臉更紅。

她從鏡子裡看到自己的臉，自己都忍不住要對自己讚美幾句。

張好兒就在她身旁，看著喜娘替她梳妝。

開過臉之後的田大小姐，看來的確更嬌艷了。

張好兒嘆了口氣，喃喃道：「真是個天生的美人胚子，秦歌真不知哪輩子修來的福氣。」

她微笑著，又道：「但他卻也總算能配得過你了，田大爺若知道自己有這麼樣一個好女婿，也一定會很滿意的。」

田思思心裡甜甜的。

這本是她夢寐以求的事，現在總算心願已償，你叫她怎麼能不開心呢？

「只可惜田心不在這裡，否則她一定也歡喜得連嘴都嘛不起來了。」

想到田心，就不禁想到小蘭。

田思思忍不住問道：「你那丫頭小蘭呢？」

張好兒道：「這半天都沒有看到她，又不知瘋到哪裡去了。」

田思思道：「以前我也有個丫頭，叫田心，長得跟她像極了。」

張好兒道：「哦？真有那麼像？」

田思思笑道：「說來你也不信，這兩個人簡直就像一個模子裡刻出來的。」

張好兒笑道：「既然如此，我索性就把她送給你作嫁妝吧。」

田思思嘆了口氣，道：「只可惜我那丫頭田心不在這裡。」

張好兒道：「她到哪裡去了？」

田思思暗然道：「誰知道，自從那天在王大娘家裡失散了之後，我就沒有再見過她的人，只望她莫要有什麼意外才好。」

張好兒眨眨眼，笑道：「田心既然不在，我去找小蘭來陪你也一樣。」

她忽然轉身走下了樓。

一走出門她的臉色就沉了下來，匆匆向對面的花叢裡走了出去。

花叢間竟有條人影，好像一直都躲在那裡。連動都沒有動。

張好兒走了過去，忽然道：「小蘭呢？」

這人道：「我已叫人去看著她了。」

張好兒沉聲道：「你最好自己去對付她，千萬不能讓她跟田思思見面，更不能讓她們說話。」

這人笑了笑，道：「你若不喜歡她說話，我就叫她以後永遠都不再說話。」

喜娘的年紀雖不大，但卻顯然很有經驗。

她們很快就替田思思化好了妝，換上了新娘的嫁衣。

脂粉雖可令女人們變得年輕美麗，但無論多珍貴的脂粉，也比不上她自己臉上那種又羞澀、又甜蜜的微笑。

所以世上絕沒有難看的新娘子，何況田思思本來就很漂亮。

前廳隱隱有歡樂的笑聲傳來，其中當然還夾雜著有划拳行令聲，勸酒碰杯聲，這些聲音的本身就彷彿帶著種喜氣。

這喜事辦得雖匆忙，但趕來喝喜酒的賀客顯然是還有不少。

張好兒看來的確是個交遊廣闊的人。

屋子裡什麼都有，就是沒有茶水。

因爲新娘子在拜堂前是不能喝水的，一個滿頭鳳冠霞披的新娘子，若是急著要上廁所，那才真的是笑話。

張好兒當然不願意這喜事變成個笑話。

所以她不但將每件事都安排得很好，而且也想得很周到。

所以每件事都進行得很順利，絕沒有絲毫差錯。

但也不知爲了什麼，田思思心裡卻總覺得有點不太對。

是什麼地方不對呢？她不知道。

她一心想嫁給秦歌，現在總算已如願了。

秦歌不但又英俊，又瀟灑，而且比她想像中還要溫柔體貼些。

「一個女孩子能嫁給這種男人，還有什麼不滿足的？」

等他們回到江南後，一定更不知有多少賞心樂事在等著他們。

他們還年輕，正不妨及時行樂，好好的享受人生。

一切事都太美滿，太理想了，還有什麼地方不對的嗎？

「也許每個少女在變成婦人之前，心裡都會覺得有點不安吧。」

田思思輕輕嘆了口氣，那些令人不快的事，她決心不再去想。

「爹爹若知道我嫁給了秦歌，也一定會很開心，一定不會怪我的。」

「秦歌至少總比那大頭鬼強得多了。」

想到那大頭鬼，田思思心裡好像又有種很奇怪的滋味。

「無論如何，我至少總應該請他來喝杯喜酒的，他若知道我今天成親，臉上的表情一定好看得很。」

但田思思也知道以後只怕永遠也看不到他了。

她忽然對那大頭鬼有點懷念起來……

一個女孩子在成親前心裡想的是什麼？

對男人說來，這只怕永遠都是個秘密，永遠都不會有人完全猜出來的。

三

爆竹聲雖不悅耳，但卻總是象徵著一種不同凡響的喜氣。

爆竹聲響起過後，新人們就開始要拜堂了。

「一拜天地……」

喜倌的聲音總是那麼嘹亮。

喜娘們扶著田思思，用手肘輕輕示意，要她拜下去。

田思思知道這一拜下去，她就不再是「田大小姐」了。

這一拜下去，田大小姐就變成了秦夫人。

喜娘們好像已等得有點著急，忍不住在她身旁輕輕道：「快拜呀。」

田思思只聽得到她們的聲音，卻看不見她們的人。

她頭上蒙著塊紅巾，什麼都看不見。

「結婚本是件光明正大的事，新娘子爲什麼不能光明正大的見人呢？」

田思思心裡突然升起了一種莫名其妙的恐懼！

她忽然想起了那天在那鄉下人家裡發生的事，忽然想到了穿著火紅狀元袍，戴著花翎烏紗帽，打扮成新郎倌模樣的葛先生。

「新娘子就是你！」

那天她還能看到新郎倌的一雙腳，今天卻連什麼都看不見。

「新娘子就是你！」

但新郎倌是誰呢？會不會又變成了葛先生？

田思思只覺鼻子癢癢，已開始在流著冷汗。

「新娘子爲什麼還不拜下去？」

賀客間已有人竊竊私議，已有人在暗暗著急。

喜娘們更急，已忍不住要將田思思往下推。

田思思的身子卻硬得像木頭，忽然大聲道：「等一等。」

新娘子居然開口說話了。

賀客們又驚又笑，喜娘們更已嚇得面無人色。

她們做了二三十年的喜娘，倒還沒聽過新娘子還要等一等的。

幸好張好兒已趕了過來，悄悄道：「已經到了這時候，還等什麼呀？」

田思思咬著嘴唇，道：「我要看看他。」

張好兒道：「看誰？」

田思思道：「他。」

張好兒終於明白她說的「他」是誰了，又急又氣，又忍不住道：「你現在急什麼，等進了洞房，隨便你要看多久都行。」

十四 不是好事

一

田思思道：「我現在就要看看他。」

張好兒已急得快跳腳了，道：「爲什麼現在一定要看呢？」

田思思道：「我……我若不看清楚嫁的人是誰，怎麼能放心嫁給他？」

她說的話好像也並不是完全沒有道理。

張好兒又好氣，又好笑，道：「你難道還怕嫁錯了人？」

田思思道：「嗯。」

張好兒終於忍不住跺了跺腳，嘆道：「新娘子既然要看新郎倌，別人又有什麼法子能不讓她看呢？」

新娘子要看新郎倌，本來也好像是天經地義的事。

大家全都笑了。

聽到這種事還有人能不笑，那才真是怪事。

田思思眼前忽然一亮，蒙在她頭上的紅巾終於被掀起來。

新郎倌當然就站在她對面，一雙發亮的眼睛中雖帶著驚詫之意，但英俊的臉上還是帶著很溫柔體貼的笑意。

沒有錯。

新郎倌還是秦歌。

田思思悄悄吐出口氣，臉又漲得通紅，她也覺得自己的疑心病未免太大了些。

張好兒斜眼瞪著她，似笑非笑的，悠悠道：「你看夠了麼？」

田思思紅著臉垂下頭。

張好兒道：「現在總可以拜了吧。」

田思思的臉更紅，頭垂得更低。

一塊紅巾又從上面蓋下來，蓋住了她的頭。

外面又響起一連串爆竹聲。

喜倌清了清嗓子，又大聲吆喝了起來。

「一拜天地——」

田思思終於要拜了下去。

這次她若真的拜了下去，就大錯而特錯了。

只可惜她偏偏不知道錯在哪裡。

誰知道錯在哪裡？

二

男大當婚，女大當嫁。

男婚女嫁不但是喜事，也是好事。

爲什麼這次喜事就不是好事呢？

廳前排著大紅的喜帳，一對大紅的龍鳳花燭燃得正亮。

火焰映著張好兒的臉。

她臉上紅紅的，也漂亮得像是個新娘子。

看到新人總算要拜堂了，她才鬆了口氣。

就在這時，角落上的小門裡忽然很快的闖了個人出來，燕子般掠到新娘和新郎倌的中間，手裡居然還托著茶盤，帶著甜笑道：「小姐，請用茶。」

這種時候居然還有人送茶來給新娘子喝，簡直叫人有點啼笑皆非。

可是這聲音熟極了，田思思又忍不住將蒙在臉上的紅巾掀了一角，就看到一個小姑娘在對著她笑，大大的眼睛，小小的嘴。

連田思思也分不清這小姑娘是田心？還是小蘭？

張好兒的臉色已變得很難看，一雙又嫵媚，又迷人的眼睛，現在卻像刀一般在瞪著這小姑娘，像是恨不得一腳把她踢出去，活活踢死。

但在這種大喜的日子，當著這麼多賀喜的賓客，當然不能踢人。

所以張好兒只能咬著牙，恨恨道：「誰叫你到這裡來的，還不滾出去！」

這小姑娘卻嘻嘻的搖了搖頭，道：「我不能出去。」

張好兒怒道：「爲什麼？」

小姑娘道：「因爲有位秦公子叫我一定要留在這裡。」

張好兒道：「秦公子？哪個秦公子？」

小姑娘道：「我也不認得他，只知道他姓秦，叫秦歌。」

張好兒臉色又變了，厲聲道：「你瘋了，秦歌明明就在這裡。」

小姑娘道：「我沒有瘋，的確還有位秦公子，不是這一位。」

新郎倌的臉色也變了，搶著道：「那人在哪裡？」

這小姑娘還沒有說話，就聽到有個人笑道：「就在這裡。」

笑聲中，龍鳳花燭的燭光忽然被拉得長長的，好像要熄滅的樣子。

燭光再亮起的時候，花燭前就突然多了個人。

一個頭很大的人，有雙又細又長的眼睛。

楊凡。

田思思幾乎要叫了出來。

她實在想不到這大頭鬼怎會找到這裡來，更想不到他還會來搗亂。

張好兒看到他卻似乎有點顧忌，樣子也不像剛才那麼兇了，居然還勉強笑了笑，說道：「原來是你?你爲什麼要來破壞別人的好事?」

楊凡淡淡笑道：「因爲這不是好事。」

新郎倌秦歌的臉已漲得通紅，搶著道：「誰說這不是好事?」

楊凡道：「我說的。」

秦歌道：「你是什麼東西?」

楊凡道：「我跟你一樣不是東西。」

田思思本來想說什麼的，現在卻不說了，因爲她想不到這大頭鬼居然敢在秦歌面前無禮。

奇怪的是，她非但沒有生氣，反而覺得很有趣。

秦歌卻氣極了，怒道：「你知道我是誰?」

楊凡道：「不知道。」

秦歌大聲道：「我就是秦歌。」

楊凡道：「那就奇怪了。」

秦歌道：「有什麼奇怪的？」

楊凡道：「因爲我也是秦歌。」

張好兒勉強笑道：「你開什麼玩笑，還是快坐過去喝喜酒吧，我陪你。」

楊凡揚起臉道：「誰說我在開玩笑，他既然可以叫秦歌，我爲什麼不能叫秦歌？」

他忽然問那小姑娘道：「你叫什麼名字？」

小姑娘笑道：「秦歌。」

楊凡道：「對了，這人若可以叫秦歌，人人都可以叫秦歌了。」

秦歌的臉通紅，張好兒的臉蒼白，兩人偷偷交換了個眼色。

突然間，一股輕煙從秦歌的衣袖裡噴出，衝著楊凡臉上噴了出去。

小姑娘已捏起鼻子，退出了七八尺。

楊凡卻沒有動，好像連一點感覺都沒有，只是輕輕吹了口氣。

那股煙就突然改變了方向，反而向秦歌吹了過去。

秦歌突然開始打噴嚏，接連打了五六個噴嚏，眼淚鼻涕一齊流了下來。

然後他的人就軟軟的倒在地上，像是變成了一灘爛泥。
楊凡向小姑娘笑了笑，道：「你知不知道這是什麼東西？」
小姑娘道：「迷香。」
楊凡道：「你知不知道哪種人才用迷香？」
小姑娘恨恨道：「只有那種下五門的小賊才用迷香。」
楊凡笑道：「想不到你居然很懂事。」
小姑娘道：「但秦歌並不能算下五門的小賊呀。」
楊凡道：「他的確不是。」
小姑娘眨眨眼，道：「那麼這人想必就一定不是秦歌了？」
楊凡道：「誰說他是秦歌，誰就是土狗。」
小姑娘道：「他若不是秦歌是誰呢？」
楊凡道：「是個下五門的小賊。」
小姑娘道：「下五門的小賊很多。」
楊凡道：「他就是其中最下流的一個，連他用的迷藥也是第九等的迷香，除了他自己之外，誰都迷不倒。」
小姑娘道：「無論多下流的人，至少總也有個名字的。」

楊凡道：「下流的人名字也下流。」

小姑娘道：「他叫什麼？」

楊凡道：「他的名字就刺在胸口上，你想不想看看？」

小姑娘道：「會不會看髒我的眼睛？」

楊凡笑道：「只要你少看幾眼就不會了。」

他突然撕開了那件很漂亮的新郎衣服，露出了這人的胸膛。

這人胸膛上刺著一隻花花的蝴蝶。

小姑娘道：「莫非這人就叫做花蝴蝶？」

楊凡點點頭道：「不錯，古往今來，叫花蝴蝶的人就沒有一個好東西。」

小姑娘嫣然道：「想不到你懂得的事居然比我還多些。」

楊凡道：「因爲我的頭比你大，裝的東西自然也多些。」

張好兒一直在旁邊聽著，臉色愈聽愈白。

田思思也一直在旁邊聽著，一張臉卻愈聽愈紅，突然衝過來，在這花蝴蝶腰眼上重重踢了一腳。

她恨極了，恨得要發瘋。

「想不到田大小姐，居然險些就做了下五門的小賊的老婆。」

田思思咬著牙，瞪著張好兒，道：「你……你跟我有什麼仇？爲什麼要這樣害我？」
她氣得連眼淚都快掉下來了。
張好兒苦笑道：「真對不起你，但我也是上了這人的當。」
她居然也走過去踢了一腳，恨恨道：「你這畜牲，你害得我好苦。」
她好像比田思思還生氣，比田思思踢得還重。
田思思道：「你……你真的不知道。」
張好兒嘆了口氣，道：「我爲什麼要害你？我跟你又沒有仇。」
楊凡忽然也長長嘆了口氣，道：「我真佩服你。」
張好兒怔了怔，道：「佩服我什麼？」
楊凡道：「你真會做戲。」
小姑娘眨著眼，道：「她是不是還以爲自己能騙得過你？」
楊凡又笑了笑，淡淡道：「她應該知道自己騙不了我的。」
小姑娘道：「天下難道就沒有一個人能騙得了你麼？」
楊凡道：「也許只有一個人能騙得了我。」
小姑娘道：「誰？」
楊凡道：「我自己。」

廳上當然還有別的人，一個個都似已怔住。

他們本是來喝喜酒的，看樣子現在喜酒已喝不成了，但卻看到一齣好戲。

田思思忽然一個耳光往張好兒臉上打了過去。

張好兒居然沒有動，蒼白的臉立刻就被打紅了。

小姑娘拍手笑道：「打得好，再打重些。」

楊凡笑道：「這種人臉皮比城牆還厚，你打得再重，她也不會疼的。」

小姑娘道：「那麼，我們該拿她怎麼樣呢？」

楊凡道：「不怎麼樣。」

小姑娘皺眉道：「不怎麼樣，難道就這樣放過了她？」

楊凡道：「嗯。」

小姑娘道：「那豈非太便宜了她？」

楊凡淡淡笑道：「像她這種人，天生本就是要騙人的，不騙人才是怪事，所以……」

小姑娘道：「所以怎麼樣？」

楊凡道：「所以你遇到這種人，就要加意提防，最好走遠些，否則你就算上了當也是活該。」

田思思跳起來，道：「你是不是說我活該？」

楊凡道：「是。」

田思思瞪著他，簡直要氣死。

楊凡道：「她有沒有強迫你？有沒有勉強你？還是你自己願意跟著她來的？」

田思思氣得說不出話，也的確無話可說。

張好兒的確一點也沒有勉強她。

楊凡淡淡道：「一個人自己做事若太不小心，最好就不要怪別人，埋怨別人。」

他聲音平淡而穩定，慢慢的接著道：「無論誰都總該學會先責備自己，然後才能責備別人，否則就表示他只不過還是個沒有長大的小孩子。」

田思思突然掉頭衝了出去。

楊凡看了那小姑娘一眼，小姑娘笑了笑，也跟了出去。

張好兒卻在看著楊凡，終於輕輕嘆息了一聲，道：「原來這件事你早就知道了。」

楊凡道：「只知道一點點，還不太清楚。」

張好兒道：「但卻已夠了。」

楊凡道：「足夠了。」

張好兒嘆道：「你準備怎麼樣對付我呢？」

楊凡道：「你說我應該怎麼樣？」

張好兒垂下頭，道：「我並不是主謀。」

楊凡道：「我知道你不是。」

張好兒道：「葛先生呢？」

楊凡道：「你最好先管你自己的事，然後再管別人的。」

張好兒咬著嘴唇，道：「我若答應你，以後絕不再騙人，你信不信？」

楊凡道：「我信。」

張好兒忍不住展顏一笑，嫣然道：「你真是個好人，也真是怪人。」

其實楊凡並不奇怪，一點也不奇怪。

他只不過是個很平凡的人。

唯一跟別人不大一樣的是，他不但相信別人，也相信自己。

他做事總喜歡用他自己的法子，但那也是很普通的法子。

公平，但卻並不嚴峻。

他無論對任何人都絕不會太過份，但也絕不會放得太鬆。

他喜歡儒家的中庸和恕道，喜歡用平凡寬厚的態度來面對人生。

三

夜涼如水。

田思思衝到院子裡，衝到一棵樹下，眼淚突然掉了下來。

這眼淚的的確確是被氣出來的。

「豬八戒，大頭鬼……我真是活活遇見了個大頭鬼。」

但若沒有遇見這大頭鬼，她現在豈非已做了下五門小賊的老婆？

「一個人最好先學會責備自己，然後再去責備別人。」

等田思思比較冷靜了些，又不能不承認他說的話也有些道理。

突然一隻右手伸過來，手裡端著碗茶。

「小姐，喝口茶消消氣吧！」

那小姑娘又來了，笑得還是那麼甜，那麼俏皮。

田思思忍不住問道：「你究竟是小蘭，還是田心？」

小姑娘眨眨眼，笑道：「好像我就真燒成了灰，小姐都能認出我來的嘛！」

田思思眼睛亮了，道：「你是田心。」

田心笑得更甜，道：「誰說我不是田心，誰就是土……土……」

田思思已擰住了她的臉，笑罵道：「小鬼，剛認得那大頭鬼，就連他說話的腔調都學會了，以後那怎麼得了？」

田心笑道：「有什麼不得了，最多也只不過跟著小姐去替他疊被鋪床罷了。」

「若與你家小姐同鴛帳，怎捨得要你疊被鋪床？」

年輕的女孩子們，又有誰沒有偷偷的在被裡看過「紅娘」呢？

田思思卻沉下了臉，恨恨道：「你放心，天下的男人都死光了，我也不會嫁給他！」

她不讓田心再說下去，又問道：「你早就知道那秦歌是冒牌的了？」

田心點點頭。

田思思咬著牙，道：「死丫頭，你既然知道，爲什麼不早告訴我？」

十五　男人喜歡到的地方

田心嘆了口氣，道：「我沒有機會說。」

田思思道：「你第一次送衣服給我的時候，為什麼不說？」

田心道：「那時我知道葛先生就在屋裡，所以小姐問我是不是田心，我也不敢承認。」

提起「葛先生」這名字，田思思就好像忍不住要打寒噤。

田心道：「後來我故意將茶潑在小姐身上，為的就是要乘機將一張紙條塞到小姐的懷裡去，誰知你卻將它丟到地上了。」

田思思嘆道：「那時我又怎麼想得到。」

她苦笑著，又道：「直到現在為止，我還是想不到他們為什麼要這樣子對我。」

田心抿嘴笑道：「其實人家也沒有害你，只不過要娶你做老婆而已。」

田思思皺眉道：「為什麼他們要花這麼多心機，究竟誰是主謀的人？」

田心道：「葛先生。」

田思思忍不住機伶伶打了個冷噤，道：「他早就跟張好兒串通了？」

田心道：「到現在你還不明白？」

田思思道：「他根本就沒有被冒牌的秦歌點住穴道。」

田心道：「那當然是他們故意在你面前做的戲，好教你更相信那秦歌是真的。」

她嘆了口氣，又接著道：「其實就算有十個花蝴蝶，葛先生也只要用兩根手指就能把他們全都捏死。」

田思思也嘆道：「那人的確很可怕。」

田心道：「據我所知，他武功比我以前見過的任何人都可怕得多。」

她忽又笑了笑，道：「但他只要一見楊公子，就好像老鼠見到了貓。」

田思思又沉下了臉，冷冷道：「你怎麼知道？」

田心道：「若非楊公子及時來救我，現在只怕我已見不著小姐了。」

田思思動容道：「葛先生要殺你？」

田心點點頭，道：「他們想必已發現了我跟小姐你的關係。」

田思思道：「可是，你怎麼會到這裡來的呢？」

田心搖搖頭嘆道：「王大娘送我來的，她把我賣給了張好兒。」

田思思道：「那天你沒有逃走？」

田心搖搖頭，嘆道：「我怎麼能逃得出她的手掌心？」

田思思「噗哧」一笑，道：「王大娘又不是如來佛，你怎麼連她的手掌心都逃不出？你這位孫悟空豈非一向都很神通廣大的麼？」

這句話說完了，她還是笑個不停。

田心噘起嘴，道：「有什麼事這麼好笑的？」

田思思勉強忍住笑，道：「你有沒有看出來，那大頭鬼很像一個人？」

田心怔了怔，道：「像誰？是不是我們認得的人？」

田思思道：「按理說，你應該認得才對，因爲他們本都是從天上下凡來的，一個是天蓬元帥，一個是齊天大聖。」

田心終於明白了，失笑道：「你是說他像豬八戒？」

田思思拍手笑道：「你看他像不像？……不像才怪。」

田心卻搖了搖頭，道：「我倒看不出他有哪點像。」

田思思道：「他又能吃，又能睡，一看到漂亮的女人，眼睛立刻就變成一條線，那種色迷迷的樣子，活脫脫就像是豬八戒進了高家莊。」

田心嘆了口氣，道：「但若沒有他這個豬八戒，唐三藏和孫悟空這次只怕就難免要上吊了。」

田思思板起了臉，道：「你爲什麼總是要幫著他說話？」

田心道：「因爲我佩服他。」

田思思眨了眨眼，忽又笑道：「既然如此，我就把你嫁給他好不好？」

田心道：「好。」

她答應得倒真痛快，連想都沒有想。

田思思反倒怔住了，道：「你說好？」

田心道：「有什麼不好？」

田思思道：「但他的頭比真的大頭鬼還大三倍，你難道看不出來？」

田心道：「頭大有什麼不好，頭大的人一定比別人聰明。」

田思思道：「他的腰比水桶粗。」

田心道：「可是他的心卻比針還細，無論什麼事都想得那麼周到。」

田思思道：「你不覺得他是個醜八怪？」

田心道：「一個男人只要聰明能幹，就算真的醜一點也沒關係，何況他根本就不醜。」

田思思叫了起來，道：「他還不醜？要怎麼樣的人才算醜？」

田心道：「依我看，那花蝴蝶就比他醜得多，連一點男人氣概都沒有。」

她閉著眼，就像做夢似的，接著道：「你若仔細看看，就會發覺他全身上下每個地方都長得很順眼，尤其是笑起來的時候，更迷人極了。」

田思思瞪著她，恨恨道：「好，你既然這麼喜歡他，我不如就真把你嫁給他算了。」

田心嘆了口氣，道：「只可惜他絕不會喜歡我，他喜歡的人是……」

這句話還沒有說完，只聽一人道：「我喜歡的人就是我自己。」

楊凡忽然已笑嘻嘻站到她們面前來了，微笑著道：「每個人最喜歡的人都一定是他自己，這就叫：人不為己，天誅地滅。」

田心紅著臉，垂下頭，不敢再開口。

楊凡打了個呵欠，道：「我們走吧。」

田思思瞪眼道：「走？就這樣走？」

楊凡道：「不這樣走還能怎麼樣走？」

田思思道：「張好兒呢？」

楊凡道：「在屋裡。」

田思思道：「你難道真的就這樣放過了她？」

楊凡道：「你要我怎麼樣？殺了她？打她三百下屁股？」

田思思咬著牙，道：「你……你……你至少應該替我出氣！」

楊凡道：「你有什麼氣好出的？她打過你沒有？」

田思思道：「沒有。」

楊凡道：「罵過你沒有？」

田思思道：「也沒有。」

楊凡道：「你跟她到這裡來之後，她要你做了些什麼事？」

田思思道：「她要我洗澡，要我換衣服，然後……然後……」

楊凡道：「然後又請你吃了頓飯，介紹了一個並不算難看的男人給你，對不對？」

田思思道：「對是對的，只不過……」

楊凡道：「只不過怎麼？還是要出氣？」

田思思道：「當然。」

楊凡道：「你要怎麼樣出氣呢？是不是也要叫她洗個澡，換件衣服，然後再請她吃頓飯，介紹個漂漂亮亮的小夥子給她？」

田思思跳了起來，跺腳道：「你究竟是幫著我？還是幫著她？」

楊凡笑了笑，道：「我什麼人都不幫，只幫講理的人。」

田思思道：「你認爲我不講理？她呢？她爲什麼要騙我？爲什麼要我嫁給那個人？」

楊凡淡淡道：「那也許只因爲你長得太漂亮，所以才有人一心想娶你做老婆；你若長得跟我一樣，跪下來求別人娶你，人家也不娶你。」

田思思氣極了，大叫道：「誰說我長得漂亮，我一點也不漂亮，你難道看不出他們一定有陰謀？」

楊凡笑道：「你幾時變得這麼謙虛起來了？難得，難得……」

他又打了個呵欠，道：「我要走了，你跟不跟我走都隨便你。」

田思思大聲道：「當然隨便我，你憑什麼管我？」

楊凡已施然走了出去，悠然道：「你若見到葛先生，其實也用不著太害怕，他最多也不過想娶你做老婆而已，絕不會吃掉你的。」

他話還沒有說完，田思思已追了上去，喘著氣道：「你說什麼，葛先生還在這裡？」

楊凡淡淡道：「我怎麼知道他還在不在這裡，他在哪裡又跟我有什麼關係？」

田思思道：「你剛才遇見過他？」

楊凡道：「不錯。」

田思思道：「你爲什麼不抓住他？」

楊凡道：「你也見過他很多次，你爲什麼不抓住他？」

田思思道：「因爲我抓不住他。」

楊凡道：「我也一樣。」

田思思道：「你也一樣？難道你武功也不如他？」

楊凡嘆了口氣，道：「其實我本事並沒有你想的那麼大，你何必將我看得太高？」

田思思道：「那他爲什麼一見到你就跑？」

楊凡想了想，道：「也許只因爲我是個正人君子，邪不勝正，這句話你總該知道的。」

二

巷子裡很靜。

淡淡的星光照著青石板鋪的路，風中帶著木樨花的香味。

楊凡在前面走，田思思只有在後面跟著。

這大頭鬼雖然可恨，至少總比葛先生好些。

田心走在他們旁邊，一雙大眼睛老是不停的在他們身上溜來溜去。

田思思忽然道：「你問問他，究竟想到哪裡去？」

田心眨眨眼，道：「你爲什麼自己不去問？」

田思思狠狠瞪了她一眼，還沒開口。

田心忽又道：「張好兒雖然滿嘴不說真話，但有件事倒不是騙你。」

田思思道：「什麼事？」

田心道：「秦歌的確已到了這裡，好幾天之前我就聽他們說過了。」

田思思眼睛亮了起來，道：「你有沒有聽說他在哪裡？」

田心搖搖頭。

楊凡忽然回過頭來笑笑，道：「他若真的已到了這裡，我倒知道有個地方一定能找到他。」

田思思大喜道：「什麼地方？」

楊凡淡淡道：「一個單身的男人喜歡到些什麼地方去，你也應該懂得的。」

三

男人喜歡到些什麼地方去呢？

有趣的地方。

那地方不一定要有很美麗的風景，很堂皇的房子，只要有好酒、好菜、好看的女人，公平的賭博，十個男人中或至少有九個喜歡去。

無論是不是單身的男人都一樣。

這地方風景並不美，簡直根本連一點風景也沒有。

這地方只不過是城牆角下的一條死衖堂。

這房子一點也不堂皇。

事實上，這房子很破爛，十年前就應該拆掉了，看來好像隨隨便便的一陣風就能將它吹垮。

兩個油漆剝落的大門，也是緊緊關著的。

門口還堆著垃圾。

田思思還沒有走到大門口，就聞到一股臭氣，忍不住皺眉道：「你帶我到這裡來幹什麼？」

楊凡道：「你不是要找秦歌麼？」

田思思道：「他難道會到這種見鬼的地方來？」

楊凡笑了笑，道：「他非但一定會來，而且來了就捨不得走。」

田思思道：「爲什麼？」

楊凡道：「你慢慢就會知道爲什麼的。」

田思思忽然停下腳步，道：「這地方是不是也有很多……很多像張好兒那樣的慈善家？」

楊凡搖搖頭道：「到這地方來的人，並不來找慈善家的。」

田思思道：「來幹什麼？」

楊凡笑道：「到這地方來的人，喜歡自己做慈善家。」

田思思眨眨眼，道：「我不懂你的意思。」

楊凡道：「我的意思是，這些人喜歡將自己辛苦賺來的銀子送出去救濟別人，而且送得很快。」

田心忽然道：「有多快？」

楊凡道：「你若也想將自己的銀子送出去，絕對找不到別的地方，能比這裡送得更方便、送得更快的了。」

田心恍然道：「我明白了，這地方一定是個很大的賭場。」

楊凡笑道：「不錯，到底還是你比較聰明些。」

田思思又噘起了嘴，冷冷道：「看這破破爛爛的屋子，到這裡來的人也一定不會有什麼大手面。」

楊凡道：「這你又不懂了，真正喜歡賭錢的人，只要有得賭，別的事根本全不講究，你就算叫他們在陰溝裡賭也沒關係。」

田思思道：「既然什麼地方都可以賭，他們為什麼要到這裡來？」

楊凡道：「因為這地方很秘密。」

田思思道：「為什麼一定要如此秘密？」

楊凡道：「原因很多。」

田思思道：「你說出來聽聽。」

楊凡道：「有些人怕老婆，不敢賭；有些人身分特別，不能賭；還有些人的銀子來路不明，若是賭得太大，怕引起別人的疑心。」

他笑了笑，道：「可是在這裡，隨便你怎麼賭都沒關係，既沒有人敢到這裡來抓你，更沒有人會查出你銀子的來歷。」

田思思道：「爲什麼？」

楊凡道：「因爲這地方的主人是金大鬍子。」

田思思道：「金大鬍子又是誰？」

楊凡道：「是個別人惹不起的人。」

田思思道：「秦歌既沒有老婆可怕，也沒有見不得人的原因，爲什麼要到這裡來賭呢？」

楊凡道：「因爲這地方賭得大，賭得過癮，不是大手面的人，連大門都進不去。」

田思思用眼角瞟著他，道：「你呢？……你進不進得去？」

楊凡笑了笑，道：「我若進不去，又怎麼會帶你來呢！」

田思思冷笑道：「想不到你非但是個酒鬼，而且還是個賭鬼。」

楊凡微笑道：「其實你早就應該想到的。」

大門上還有個小門。

楊凡敲了敲門上的銅環，小門就開了。

門裡剛好露出一個人的臉。

一張兇巴巴的臉，看著人的時候眼睛裡總帶著三分殺氣。

這人不但樣子長得兇，聲音也很兇，瞪著楊凡道：「你來幹什麼的？」

楊凡道：「你不認得我？」

這人道：「誰認得你？」

楊凡笑了笑，道：「金大鬍子認得我。」

他忽然拿出一些東西塞到門洞裡去，又道：「你拿去給他看看，他就知道我是誰了。」

這人又狠狠的瞪了他一眼，「砰」的，將門重重的關上。

田思思忍不住問道：「金大鬍子怎認得你？」

楊凡微笑道：「我不是慈善家，我不會騙人。」

田思思道：「你怎麼會認得這種人的？」

楊凡淡淡道：「因爲我是個賭鬼，又是個酒鬼。」

請續看《大人物》下冊

【附錄】

古龍筆下的俠客形象與江湖場景

翁文信

秉持自我中心、男子漢精神的俠客與傳統義俠所應遵行的利他行爲，這二者之間並不衝突，在古龍的武俠小說中亦是如此，因爲行仁義事的觀念與價值深植中國文化傳統之中，並且以明確的性善之說廣爲人們奉行，所以古龍的武俠小說再怎麼強調俠客的自我中心，也無法脫離與人爲善的利他義行的規範。所以，這裏的爭衡，所指的並不是俠、義二者之間有所衝突，而是古龍筆下的俠客不再以義爲第一價值取向時，所衍生的新的俠客面貌與傳統義俠的形象之間的拉鋸張力。這種張力特別容易呈現在假仁假義的江湖人物以及受到冤枉的正義俠客之間，而這二種情況都是武俠小說中常見的情節模式，也是古龍武俠小說中所津津樂道的。

就前者而言，試以《多情劍客無情劍》爲例，阿飛的率直跟百曉生的奸僞形成了強烈的對比。阿飛曾批評百曉生，說他：「這種人自作聰明；自命不凡，自以爲什麼事都知道，憑他們一句話就能決定別人的命運，其實他們真正懂得的事又有多少？」而在小說情節中，百曉生果然身負清名卻行奸僞之事。此外，當阿飛被少林羅漢陣所困，堂堂少林護法心眉大師答應只要阿飛能脫困就絕不傷他，後來竟然食言偷襲，在背後傷了阿飛。緊接著阿飛遇到同樣名滿天下的鐵笛先生，阿飛放過了他沒有致他死命，他卻反而重傷了阿飛。百曉生、心眉大師、鐵笛先生，個個都是知名俠客，可是他們的言行作爲卻不如一個不懂世俗禮法的少年阿飛，其中隱含的對世俗禮法的批判躍然紙上。

就後者而言，「大盜」蕭十一郎一點也不像盜賊，而且爲救沈璧君而屢遭險難，還要被沈璧君不斷誤會，種種委曲都顯得蕭十一郎這個「大盜」實在是一位無辜背負盜名的正義之士。於是，整部《蕭十一郎》，所有的「仁義」之詞都變成反諷，而「大盜」之名反而親切可愛，古龍在此大究名實之辨，確實很有理趣。不過，古龍對世俗禮法的觀察並不僅止於虛仁假義的名實不符，他更指出了禮法規範對於人與人之間的情感互動的影響。對於一向溫文儒雅、俠名遠播的連城璧（**顯然象徵著禮法規範**），古龍意蘊深刻地說：「在他的世界中，人與人之間，無論是父子、是兄弟、是夫妻，都應該適當的保持著一段距離。這段距離雖令人覺得寂寞，卻也保護了人的安全、尊嚴和平靜。」誰都知道在古龍筆下寂寞是最痛苦而難以忍受的，所以在古龍眼中，禮法規範在人與人之間造成的距離，所帶給人們的缺點應是遠高於優點的，古龍也曾多次在小說、文章中批評「老成持重」的人物形象。由此而見，古龍欣賞、渴望的是人與人之間能夠坦率、真誠的情感交流，不必受限於禮法規範的束縛，更不要因爲過於注重禮法的虛名與形式而造成了真正仁義的毀壞與敗喪。

古龍如此去看「義」，則俠與義之間自然不再那麼密合了。他一方面悄悄地以男子漢精神取代了義理規範的地位，另一方面又渴望人的情感表現能夠擺脫世俗禮法的束縛，於是他的俠客便經常以一種能夠追求真性真情的解脫與體現為形象呈現。而這種男子漢精神與正義之間的關係，經常是倚賴一股血氣來連繫的。在《英雄無淚》裏，古龍如此描述這股血氣：

風更冷。

遠山已冷，青塚已冷，人也在冷風中，可是胸中卻都有一股熱血。

這股熱血是永遠冷不了的。

因為這個世界上還有一些人胸中有這麼樣一股永遠冷不了的熱血，所以我們心中就應該永無畏懼，因為我們應該知道，只要人們胸中還有這一股熱血存在，正義就必然常存。

這一點必定要強調，因為這就是義的精神。

……

他盯著卓東來，忽然也用卓東來那種獨特的口氣，一個字一個字的說：「可是你就算殺了我也沒有用的，我就算死也不能讓你動朱猛。」小高說：「何況我還有一股氣，只要我這股氣還在，你還未必能勝得了我。」

一股氣？

這一股氣是一股什麼樣的氣？是正氣？是俠氣？是勇氣？是義氣？還是把這幾種氣用男兒的血性混和而成的一股血氣？

支持男子漢精神的那一股熱血，原來也是支持正義的同一股力量，在「爲所必爲」的原則下，熱血所象徵的力量自然也可以被導引至遂行正義的方向，這與男子漢精神絕不相悖，雖然這股熱血力量未必總是一定能向著正義而發。不過，這種由一腔熱血而發的仁行義舉，頗有一種「由仁義行，非行仁義」的意味，因爲熱血滿腔的力量隨時澎湃，一旦遇有不平而鳴的機會，必能不經過思慮辯證，當下直覺便勇往直前，歐陽瑩之女士便在〈泛論古龍的武俠小說〉中認爲：

胡鐵花、姬冰雁的字典裏沒有「捨己」、「犧牲」、「偉大」等字眼，因為他們行為的最後出發點都在他們自己的真正好惡。假如他們拚鬥石觀音並非發自誠心的激憤，而是循著「俠應為江湖除害」的道德格律而行，那麼他們的行徑雖然不變，但他們的心境便會大不一樣了——

行事遵從外在格律的人，不免會覺得委曲了自己，覺得自己有所犧牲，覺得自己捨己為人，簡直偉大極了！

……一般武俠小說的大俠所行無非「大仁大義」的事，但莫現乎隱，莫顯乎微，從小說的骨肉細節上，我們可以看出他們其實並非由仁義行的真俠，不過是行仁義的公式大俠而已。

滿腔血氣熱力與仁行義舉最完美的結合方式，的確能夠達到「由仁義行」的至高境界，但必須指出的是，這股血氣熱力本身並沒有必然的方向性，它可以隨著人心的善念而行正義之事，也可以隨著情緒的好惡而逞匹夫之勇。就以上引小高與卓東來對決時的情景爲例，小高雖然滿腔熱血，面對卓東來時的確無畏無懼，但這一切只是爲了他的朋友朱猛不能死在卓東來的手中，而細究《英雄無淚》這部小說中的人物關係，卓東來跟朱猛一樣都是江湖幫會人物，他們都渴望鏟除對方而擴張自己勢力，卓東來雖重謀智，但未必比朱猛來得惡劣，朱猛濫殺卓東來的手下時也未必比卓東來更仁慈。所以，小高那一腔熱血所維護的只是他與朱猛之間的朋友情義，其中並無大是大非，實在談不上是行了什麼仁義之事。

再來談談這股熱血力量所混成的男兒血氣，究竟跟俠義之間有什麼關係？依古龍的看法，這股血氣是混和了正氣、俠氣、勇氣跟義氣的，換言之，這股血氣是比正氣、俠氣、勇氣、義氣都來得更根本、更原初的渾沌元氣，由這股血氣分化之後，才得有正氣、俠氣、勇氣與義氣。而這一思維模式，跟古龍處理俠客形象時，回歸到原始古俠的作法是一致的。

無論如何，義理規範並沒有在古龍的武俠小說世界裏消失，也沒有失去它應有的約束力量，它只是被悄然隱沒在男子漢精神的論述裏，雖未被凸顯，卻也並沒有真正退位。前面論及，古龍的俠客是以自我爲中心的，這種特性固然反映出七〇年代台灣社會逐步工業化後，個人主義思潮抬頭的民情轉變，同時也一脈相沿於當時流行的西方文學與思潮的影響。但無論社會如何轉變、西潮如何東漸，在七〇年代的古龍筆下的武俠小說世界裏，發揮最關鍵影響力的思想質素仍然是中國傳統文化，所以那些以自我爲中心的俠客，無論如何渴望真性真情、排斥世俗禮法，卻始終不可能悖反善性的基本原則。在人性本善的原則下，古龍筆下的俠客不論是男子漢也好、浪子也罷，始終不落入存在主義式的「荒謬」情境，始終能夠自然而然地懲惡揚善（即便是隨機的），適可證明「義」在古龍的武俠小說中從未遠離。

對於人性的善根，古龍在小說中也曾屢屢道及，在《孤星傳》中他說：

「七巧追魂」那飛虹伸手一抹額上冷汗，心房卻仍然在砰砰跳動，他心中正在暗中自語：「放下屠刀，立地成佛……」

忽然仰天大笑數聲，朗聲道：「想不到為善畢竟比作惡愉快得多！」

而在《武林外史》中，古龍如此寫道：

朱七七忽然一笑，道：「我早就說過，惡人中也有善良的，你的心有時也不錯，你若能常常這樣不錯的話，大家都會對你很好的。」

王憐花默然半晌，道：「哦……」

朱七七道：「我希望你知道，做一個好人，總比做壞人快樂得多。」

簡單直接地以一句爲善比作惡愉快，來彰顯人性本善的觀念，凸顯本著善性做一個好人比違背良心做一個壞人要快樂得多的自然心態。相較阿飛、小雷、傅紅雪許多憂鬱、掙扎甚至痛苦不已的俠客們，這些論述實在是古龍小說中最光明、樂觀的一面。而這一面也正是中國傳統文化中的性善觀念的自然流露所致。

除了人性本善的發揚外，古龍還援引了天道報應的觀念來約束他小說中的俠客人物。這方面的例證更是不勝枚舉：

裴玨心頭一震，情不自禁地抬起頭來，只覺黝黯的蒼空中，彷彿正有兩隻眼睛，在默默地查看人間的善良與罪惡，一絲也不會錯過。

賞與罰，雖然也許來得很遲，但你卻永遠不要希望當你種一粒罪惡的種子，會收到甜蜜的果實與花朵。

一陣由敬畏而生出的驚慄，使得裴玨全身都幾乎顫抖起來，他輕輕合起手掌，向冥冥之中的主宰作最虔誠的敬禮。（孤星傳）

「天網恢恢，疏而不漏。冥冥中竟彷彿真的有種神秘的力量，在主宰著人類的命運，絕沒有任何一個應該受懲罰的人，能逃過『它』的制裁。這種力量雖然是看不見，摸不到的，但是每個人都隨時可以感覺到祂的存在。」（陸小鳳傳奇之幽靈山莊）

「這是巧合，也是天意，巧合往往就是天意。」老人說：「是天意借人手做出來的。」

——天意無常，天意難測，天意難信，可是又有誰能完全不信呢？（離別鉤）

沈壁君道：「我本以為天道不公，常常會故意作踐世人，現在才知道，老天畢竟是有眼睛的。」

蕭十一郎道：「不錯，所以一個人無論做什麼事時，都不能忘記，天上有雙眼睛隨時隨地都在瞧著你。」（蕭十一郎）

誠如葉洪生先生在《臺灣武俠小說發展史》中所言，這些描述簡直是像在寫現代版的《太上感應篇》，雖具有懲戒世人的作用，但與古龍取法現代主義文學主張、存在主義西方思潮，乃至電影敘事、偵探手法……等作法大相逕庭，難免予人一種老舊陳說之感。因此，有必要在此試圖釐析古龍筆下這些強調天道、天意的論述，究竟與其俠客形象、俠義關係之間有何關聯。

首先，我們必須理解天道、天意這些觀念數千年來一直是中國文化傳統中很重要的概念，它不僅成爲人文學說很重要的一環，也實質影響了中國的社會與人生。直到古龍崛起的六、七〇年代，這些思想觀念仍然深植人心，並不因爲現代化、科學化教育的影響就全部被視爲應當掃除的舊思想。誠如李杜先生在《中西哲學思想中的天道與上帝》中所論述的，天道的觀念一直都是中國文化傳統中社會公義的根源：

> ……又由於神性義的天帝原具有仁愛的德性，自然義的天可同為理與氣的本源，因此天不僅為神性義或自然義的天，亦有道德的涵義。故與道結合的天道，亦可成為道德形而上的天道。又天既是客觀地獨立地存在，有至高無上與統攝萬有的意義，故天道亦有客觀獨立而為人的公義的依據……。

上述關連著天、帝、道、天帝與天道諸觀念皆在由周初至春秋戰國這一段時間內形成，與這一段時期的社會政治與人生觀念密切關連，並影響著後代中國人的思想。現代的中國人仍不能去除此一影響，因上述為古人所面對的問題仍為我們現在所面對。……

不論是天、天帝還是天道，它都象徵著人類社會公理正義的根源，古龍說天意假人之手以行，此與「天聽自我民聽，天視自我民視」有異曲同工之意，可以說是人們的義行暗合著天道，也可以說是天道只能求諸人心民情。但無論如何，沒有天道爲根源，社會中的義理規範也就失去了依恃，這與古龍強調爲善比作惡愉快的人性本善觀念是一致的，因爲善性的根源也是上溯於天命，由於天命生生不息，人類體察此一天命而成就自己的善性。所以，古龍筆下的江湖世界雖然經常出現嘲諷禮法規範或虛僞仁義的情節，但絕不表示他的俠客是不受義理規範的。事實上，就如他的俠客形象隱含著對中國文化傳統中俠客原型的回歸一般，他的義理規範也不想落入「老成持重」一類的君子形象中，而是上溯到義理根源的天道上去求得索解。所以，蕭十一郎或許是一名不容於世俗禮法規範的「大盜」，但卻絕對合乎更高層次的天道善性理想，古龍用來對抗世俗禮法的武器，既不是存在的虛無也不是物質的享樂（**雖然這些面向在小說也都有所表現**），而是公理正義的根源——天道與善性。所有俠與義之間的拉鋸與張力，也被收納在這具終極性、超越性的天道、善性的觀照之中，而得到了平衡。這是古龍的傳統之處，也是古龍小說即使轉型新變卻仍能貼合中國人情心理的原由。

男子漢精神內在地取代了俠客心中的仁義追求，天道報應外在地規範了俠客的善惡準則，這是古龍武俠小說中主導與節制俠客活動的兩把利刃，使得以自我爲中心的男子漢一方面可以昂揚生命光華，另一方面又不致於落入道德無根的困境。秉持善性與天道而行的俠客，有時雖放蕩不羈了些，但總能在關鍵時刻不失仁義本色。

孤狼自況的浪子俠客

循著男子漢精神跟善性天道而發展的古龍式俠客，因爲偏重層面的不同而衍生出二種風格的俠客面貌，一是孤狼似的浪子，一是尋歡式的英雄。前者以《多情劍客無情劍》中的阿飛、《蕭十一郎》中的蕭十一郎、《劍・花・煙雨江南》中的小雷……等人爲代表；後者則以《鐵血傳奇》中的楚留香、《陸小鳳傳奇》中的陸小鳳……等人爲代表。此外，必須說明的是筆者這二分法的形象劃分僅以主角人物爲依據，若顧及到重要配角人物的俠客形象的話，則應再分出第三種風格的俠客面貌，這第三種俠客豪放爽朗、深情重義，以《武林外史》中的熊貓兒、《楚留香傳奇》中的胡鐵花、《歡樂英雄》中的郭大路……爲代表，可惜此類俠客形象雖然討喜卻並不適以用來作爲討論古龍武俠小說中最典型的俠客造型的代表，所以筆者在此存而不論。

不過，就如前面章節提到古龍心中的人性是複雜而多變，他筆下的俠客形象也是細膩而多樣的。所以，筆者雖然簡單捻出三種主要俠客類型，但在古龍的小說中，有著更多無法以此簡單劃分來局限的俠客形象，特別是那些亦正亦邪的江湖人物，譬如《武林外史》中的王憐花，便是人性複雜與多變性的具體典型。我們從這一類人物的形象塑造中，結合古龍的生平經歷，約略可以追索他對人性觀察的切入面。這些亦正亦邪、變化多端的人物，恐怕多少與他生活中實際接觸的幫會人物有絲縷關聯。

幫會人物雖也盜亦有道，經常義氣相結，展現出豪邁爽朗令人激賞的生命氣象，但當他們逞兇鬥狠、爭權奪利時所表現的激烈行徑與殘忍手段，往往也讓人感到髮指。古龍顯然在他們身上看到了人性的複雜與多變，因此他筆下的江湖人物，往往也就展現出特立獨行卻又複雜多變的多樣形象。

不過，暫依二大基本類型來討論古龍筆下的俠客形象與內涵，仍有其價值與便利，所以筆者仍先依此論述。

不論是孤狼也好、浪子也罷，都是偏離禮法規範的社會邊緣人，同時也是俠客藉以自況內心的孤獨與某種程度的社會適應不良的浪漫想像。孤狼在此當然不是生物習性的借用，而是文學象徵的喻指，因爲狼其實是群居性很強的動物，孤獨在荒野中流浪的狼其實是很少見的。在古龍的小說中，孤狼浪子性格的俠客主要表現出幾個精神面貌：內心寂寞、外表冷漠、性格剛強、蔑視禮法，並且喜歡以荒野中的孤狼象徵江湖人生的獵殺、求生與孤獨痛苦。

《多情劍客無情劍》中，描述李尋歡第一次發現少年阿飛時，即如追蹤狼跡般先從阿飛的腳印寫起：「李尋歡緩緩轉回身，就發現車轍旁居然還有一行足印，自遙遠的北方孤獨地走到這裏來，又孤獨地走向前方。腳印很深，顯然這人已不知走過多少路了，已走得精疲力竭，但他卻還是絕不肯停下來休息。」阿飛人未現身，就先以他踏在風雪中的足跡在讀者心中留下一種等待追索的印象，這種印象是如野獸般的象徵，象徵阿飛如狼一般從荒野走入了人間。李尋歡從腳印尋找阿飛，就如帶領著讀者從足跡追蹤一條野狼般的感覺。於是很快地，李尋歡就在白茫雪地中望見了阿飛的身影，古龍這樣描寫：

他立刻就見到了走在前面的那孤獨的人影。……

馬車趕到前面時，李尋歡才瞧見他的臉。

他的眉很濃，眼睛很大，薄薄的嘴唇抿成了一條線，挺直的鼻子使他的臉看來更瘦削。

這張臉使人很容易就會聯想到花崗石，倔強、堅定、冷漠，對任何事都漠不關心，甚至對他自己。

古龍以雪地裏孤獨的人影喻寫了阿飛內心的寂寞，以他永不止息似的步伐說明了他剛強的性格，以冰雪岩石側寫他冷漠的外表，最後以一句對任何事都漠不關心直截了當地表明他對世間禮法的蔑視。面對這樣的一個奇特少年阿飛，李尋歡很快就以狼來形容他：

李尋歡笑了笑道：「我看他也不是走不快，只不過不肯浪費體力而已，你看見過一匹狼在雪地上走路麼？假如前面沒有牠的獵物，後面又沒有追兵，牠一定不肯走快的，因為牠覺得光將力氣用在走路上，未免太可惜了。」

等到李尋歡第一次和阿飛喝酒交談時，阿飛果然顯得比一般人更願意親近狼、與狼爲伍：

少年沈默了很久，喃喃道：「有時人心的確比虎狼還惡毒得多，虎狼要吃你的時候，最少先讓你知道。」

他喝下一碗酒後，忽又接道：「但我只聽到過人說虎狼惡毒，卻從未聽過虎狼說人惡毒，其實虎狼只為了生存才殺人，人卻可以不為什麼就殺人，而且據我所知，人殺死的人，要比虎狼殺死的人多得多了。」

虎狼的形象在這裏呈現出一種更勝於世人虛僞的璞真與率直，阿飛代虎狼申冤同時也將虎狼的特性內化爲自我學習的對象，再加上阿飛來歷始終不明，他的劍法在一出現時就極臻高明，更暗示著他的學習與成長過程並不是在人間俗世而是在荒野邊陲。以狼爲師的他帶著狼一般的血氣熱力，也帶著狼一般的孤獨堅強（自然都是文學上的隱喻），走入了人間，勢必要引起江湖一陣騷動與不安，因爲阿飛不懂得什麼叫道上規矩，更不懂得如何去老成持重，他依據荒野上向狼學來的求生法則在江湖上行走，時時刺戳著那些虛僞俠客們的仁義面具，也經常爲自己招惹種種構陷冤屈。

像阿飛這樣狼一般的少年，帶著一團茫昧原始的血氣熱力，雖然有著令人著迷的強悍生命力度，但近乎反智反文化的傾向，及其與社會人群之間的嚴重疏離關係，終究難以成爲文明社會中的一個理想追求的典型，所以，在古龍的武俠小說中，這一類孤狼浪子般的少年俠客，除了顯出一種對世俗禮法的反叛外，通常也都會經歷一段啓蒙成長的過程。在這啓蒙成長的過程中，少年除了必須學習融入江湖世界所具備的對人心的瞭解與規範的認同外，往往還必須經歷情慾的洗禮並由之蛻變重生。而整個啓蒙成長的過程中，少年往往會遇到一位如父如友的導師人物，這位導師通常武藝、知識都遠勝過少年，在啓蒙過程中予少年開示同時也護全著少年。在《多情劍客無情劍中》，這種少年／導師的關係是阿飛／李尋歡；而在《邊城浪子》中，則變成了傅紅雪／葉開。更巧的是，阿飛與傅紅雪都沒有父親，而李尋歡與葉開竟是師徒關係。

誠如方瑜女士在〈試析《多情劍客無情劍》中的啓蒙遍歷與神話書寫〉中所論析的：

阿飛從出生就和母親生活在與世隔絕的森林中，連姓氏都沒有，雖然七歲母親就去世，但在二十歲出林之前，無論在心理或精神上，他都純粹是「母親的兒子」。但出林後第一個遇到的——李尋歡，對日後的阿飛而言，在各方面都是「父親」。有趣的是林仙兒又扮演了擬似「母親」的角色。

男孩在成長過程中必須脫母入父，脫離自幼初臨人世即享有的溫柔關愛、呵護疼惜，踏入嚴酷爭競的成人世界——父權的世界。而成長的真正開端乃是「不服從」、「不服從才能開始自己的新生命」。阿飛必須質疑母訓，才能真正「啟」其「蒙」。

阿飛的成長過程除了在如父般的導師李尋歡的教導下，學習瞭解人心、熟悉社會外，還必須經歷林仙兒帶給他的戀母情結似的情慾的試煉，關於後者，容於稍後章節中分析。在這兒要強調的是，阿飛的形象與故事並非特例，在古龍的武俠作品中，其實是一個固著的模式。因爲類似的啓蒙成長過程在《邊城浪子》的傅紅雪身上也發生過，只是導師由李尋歡變成葉開，而林仙兒則換成了三姨與翠濃。

當然，除了象徵由混沌蒙昧進入世俗文明的啓蒙意義外，孤狼的形象同時也代表著對人間一切虛僞狡詐與禮法束縛的反叛。所以，在《蕭十一郎》裏，沈璧君與蕭十一郎受了重傷，便學習野狼在泥沼中自我醫療的行爲。傷痛之後，蕭十一郎還說出一番狼勝於人的道理：

沈壁君沈默了很久，柔聲道：「你好像從狼那裏學會了很多事。」

蕭十一郎道：「不錯，所以我有時非但覺得狼比人懂得多，也比人更值得尊敬。」……

沈壁君又沈默了很久，忽然道：「但狼有時會吃狼的。」

蕭十一郎道：「人呢？人難道就不吃人麼？」

他冷冷接著道：「何況，狼只有在飢餓難耐，萬不得已時，才會吃自己的同類，但人吃得很飽時，也會自相殘殺。」

沈壁君嘆了口氣，道：「你對狼的確知道的很多，但對人卻知道得太少了。」

蕭十一郎道：「哦？」

沈壁君道：「人也有忠實的，也有可愛的，而且善良的人永遠比惡人多，只要你去接近他們，就會發現每個人都有他可愛的一面，並非像你想像中那麼可惡。」

蕭十一郎也不說話了。

在這裏，狼的形象不以等待馴服的少年啓蒙出現，而是以嘲諷世情險惡、禮教吃人的姿態矗立著。蕭十一郎跟阿飛一樣覺得狼比人可親、可敬，只是他的年紀比阿飛成熟，已是江湖上知名的「大盜」（自然是背負盜名的真正俠客），所以由他口中詮釋的狼言狼語，自然更顯得具有對抗人間虛僞的亢立之姿。然而，即使是蕭十一郎也不能停留在狼的氣息與世界裏，否則他就難以成爲真正的俠客。於是沈璧君最後說的那二句話，讓蕭十一郎沈默，代表的正是孤狼心態即便可敬但卻不可取，像沈璧君這樣一位深具教養的大家閨秀所散發的人文氣息，畢竟還是深深吸引了蕭十一郎，使他願意爲她脫離孤狼浪子的心態，投身文明的世界。這與阿飛的啓蒙過程異曲而同工，只是帶領阿飛啓蒙的是如父的李尋歡，而吸引蕭十一郎融入世間的卻是儀範群芳的沈璧君。在古龍筆下常有這一類吸引孤狼浪子的大家閨秀般的女性形象，她們既柔弱又堅強，將母性的溫柔與父性的禮法完全結合，成爲浪子最佳的歸宿，《多情劍客無情劍》中的林詩音是另一個很好的例子。這一類的閨秀女子對浪子般的俠客而言，不但滿足了他們所需的女／母性的溫柔，而且提供了他們所需學習的男／父性的禮教規範，本可以帶領著他們從寂寞、剛硬的作繭自縛中解脫出來，同化於人間俗世的婚姻生活。但在情節安排上，古龍卻又往往不讓孤狼俠客與這類閨秀女子幸福結合。這一點，在後面討論到情慾焦慮的章節時，將再詳論。

孤狼，除了帶來荒野的求生法門、除了對抗俗世的禮法規範，還經常被古龍筆下的俠客拿來自憐自況。一生背負大盜污名的蕭十一郎最愛哼唱這樣的一首歌，藉以吐露他內心的悲愴情緒：「暮春三月，羊歡草長，天寒地凍，問誰飼狼？人心憐羊，狼心獨愴，天心難測，世情如霜。」蕭十一郎還爲這首歌做了解釋：

「這首歌的意思是說，世人只知道可憐羊，同情羊，絕少會有人知道狼的痛苦，狼的寂寞，世人只看到狼在吃羊時的殘忍，卻看不到牠忍受著孤獨和飢餓在冰天雪地中流浪的情況，羊餓了該吃草，狼餓了呢？難道就該餓死嗎？」

他語聲中充滿了悲憤之意，聲音也愈說愈大：

「我問你，你若在寒風刺骨的冰雪荒原上流浪了很多天，滴水未沾，米粒未進，你若看到了一條羊，你會不會吃牠？」

蕭十一郎以狼自況，爲自己深受委屈而被人追殺迫害的情形發出悲憤的怒吼。悲憤只因自己總是如野狼般孤獨求生寂寞痛苦，怒吼則因人們總是如恨狼般對自己百般陷害。同樣地，在《劍．花．煙雨江南》中家破人亡、被好友背叛、被情人誤會的小雷，也想起了狼：

小雷伏在地上，已不知痛哭了多久。剛開始聽到自己的哭聲時，連他自己都吃了一驚。他從未想到自己會失聲而哭，更沒想到自己的哭聲竟是如此可怕。多年前他曾經聽過同樣的聲音。

他看見三條野狼被獵人追趕，逼入了絕路……

那雌狼顯然是牠的母親，所以才不顧危險，從山穴中竄出來，想將她受傷的兒子啣到安全之處。但這時已有個獵人打馬飛馳而來，一刀砍入了她的背脊。……

雄狼的痛苦更劇烈，牠身子也開始顫抖，突然從洞穴中竄出，一口咬在這雌狼的咽喉上，解脫了牠妻子的痛苦，但這時獵人們已圍了過來，這頭狼看著自己妻兒的屍體，突然仰首慘厲的嗥聲，連獵人們聽了都不禁動容，他遠遠在一旁看著，只覺得熱淚滿眶，胃也在收縮，一直吐了半個時辰才停止。

現在他才發覺，自己現在的哭聲，就和那時聽到的狼嗥一樣，他幾乎又忍不住要嘔吐。

在這段描述裏，小雷想起的三條野狼的遭遇跟他自己親身經歷的滅門慘劇是一樣的，所以很明顯的，這裏的狼並不是狼，而是人，而且是一種敢愛敢恨、狂歌當哭、情感激烈的性情中人。這種人，就是江湖中人。就好像在蕭十一郎的描述裏，狼跟羊是一種對比，狼在古龍的小說中代表了江湖中人，代表了敢於表露真實情感的俠客，而那也是他眼中的英雄本色。至於羊，則是代表了一般人，特別是那種怯懦軟弱、畏縮老成，生命沒有熱情，不敢挺身而出的平民小老百姓。

狼在這兒也許是孤獨的，卻也是驕傲的。牠們雖被人們獵殺，卻也同樣獵殺人們。

李歐先生在〈極致之變的陷阱——古龍武俠病態心理剖析〉中說：

武俠小說，以俠為正面主角，以行俠為主題。無論是在觀念中呈示，還是在生存中彰顯，「俠」總是與「義」相連，「俠非義不成，義非俠不立」，俠士無非是高揚生命力，去實行正義之人。當然，義作為觀念，其內涵是發展變化的，俠的內涵也相應會發展變化。……

古龍求新求變，對武俠小說這一歷史悠久的文學類型進行的現代性轉變，遠比金、梁徹底。這還不在於敘事模式與語言風格的變化，主要還在於文化觀念的變化，在於對俠義形象的徹底解構。有清以來，武俠形象的發展，大致是一個不斷神聖化的過程，到金、梁的「俠之大者」已達顛峰，大俠的一舉一動，與天下蒼生、國家民族的命運息息相關。但是，其荒誕悖謬之處也逐漸顯露。古龍對人性的理解，對社會世相的認識，非其他武俠小說家可比。但是，他本身的人格和心理結構，使他更傾向於對病態心理的認同，而且他的價值取向，缺乏正面的目的與承諾，所以，他找不到足夠的精神資源，只能以虛無對抗悖謬，從而走向偏執，走向浪子。或許這是更大的悖謬。

在這段精闢的論析中，李歐先生準確地定位古龍的新變在二十世紀武俠小說發展史上的地位，同時對於古龍筆下的浪子俠客的產生根源與時代意義做了很好的說明，特別是與金庸筆下為國為民的俠之大者相較，古龍那些孤狼浪子般的俠客確實像是失去明確的價值取向，墮入了虛無的悖謬，而其根源在於古龍處理俠與義的關係，實大不同於金、梁等人。不過，筆者仍必須指出的是，雖然古龍武俠小說中的俠客不以爲國爲民的義行爲最高準則，但並不表示古龍的俠客真的可以背義而行，如前所述，義理的大旗或許稍稍隱沒（因為經過金、梁等武俠作家們的反省後），但卻從未消失，只是被更上溯的善性與天道所掩蓋了而已。古龍試圖讓他的俠客挑戰世間的仁義之說，因爲仁義多僞而禮教吃人，可是他卻從沒讓他的俠客（即便如孤狼浪子）離棄人類的善性與天道的鑑察。只因古龍的俠客往往以孤狼浪子的形象出現，並且爲了挑戰禮法而特立獨行（甚至形成某種癖好），所以很容易被認爲是表現了病態的偏執。

其實，古龍筆下的俠客形象多端，孤狼浪子也不過是其中一種，我們容或可以從那些浪子俠客身上找到一些反社會、無政府的氣息，或近乎邊緣人的思維行徑，但遽以病態偏執論之，只怕也屬過激，至少得先好好檢視何謂「病態心理」的定義。在後佛洛依德的心理分析觀點裏，所謂的變/病態心理的定義是需要好好重新檢視的，張國清先生在《後佛洛依德主義》中析論：

> 在後佛洛依德主義者中，有的承認變態心理或行為的存在，但是對它們作了極端相對主義的解釋，有的則主張個體的所有心理和行為都是正常的，他們反對使用「變態」、「精神病」、「神經質」之類的字眼，而主張從根本上取消精神病學，取消瘋人院。

> ……當然，變態行為和正常行為畢竟是有明顯的不同特徵的。像艾里克松這樣的後佛洛依德主義者認為，無助於達成某人有用的或有意義的行為，同個體人格相分裂的行為，或者實在地干擾著個體的能力使其無法達到合理的個人目標的行為，都是變態的或不合理的行為。他們特別強調變態行為的無實際效用性，特別強調變態行為對於個體生存和發展成的實在危害和潛在威脅。

由於早期精神分析對於變態或病態心理的論斷，依據的通常是量化的調查、社會的規範或個人的適應，其標準常有武斷之嫌，所以後佛洛依德主義者對於變態心理的界定有了更深刻的檢討。古龍筆下的俠客浪子固然有許多特立獨行甚至略顯偏執激烈，但能否據此謂其爲病態心理的表徵？筆者以爲，那些孤狼的象徵、浪子的言行並不是無意義也不是無目的性的（具體分析已如前面討論男子漢精神的章節所論），那些信念精神或許使古龍的俠客有時顯得善變難以捉摸，但卻不是變態心理那樣的不合理，至少就俠客本身而言，那些行爲都言之成理，甚至是他們對抗僞詐、賴以生存的憑依。

或許只有「虛無」的指控是略近於事實的，的確，古龍筆下的俠客很少夸言仁義（更多是談論友情），也沒有清晰正面的人生方向的指引。但誠如李歐先生所論述的，古龍面對的是義理被金、梁等人不斷反省解構之後的江湖世界，於是他試圖以虛無來對抗抽象義理在具體實踐時的悖謬情形，那麼，這種虛無實可被視爲是對所謂民族大義、江湖道義的不斷挑戰解構的心態，畢竟在中國文化傳統裏，義理根源人性，帽子實在太大，不虛無實無以抗衡，如此看來，以虛無對抗義理的悖謬，實有其合理處。當然，我們也應該指出，古龍基本上只是以指出人心的僞詐、仁義的虛名來質疑禮法規範，並且以男子漢精神鼓舞他筆下的俠客「雖千萬人吾往矣」，而確實沒有提供什麼超越式的解答。然而，文學家何曾必須對人生提供解答？提出質疑就已是文學家盡了他們對人生觀察與思索的本份了。

順此理路，最後再談談古龍小說中的浪子俠客對武俠世界所造成的解構性破壞。陳曉林先生曾在〈武俠小說與現代社會——試論武俠小說的「解構」功能〉中析論：

> 古龍的武俠小說刻意將「解構」的目標指向於權力，從而反諷地呈示：一般所謂的名門正派、俠客高士，往往只是在權力結構中佔有宰制地位的人物。在《蕭十一郎》中，幾乎所有的名門俠士全屬卑鄙無恥之徒，「大盜」蕭十一郎反是形象最為光明俊偉的人物。……
>
> 顯然，古龍已意識到權力關係是無所不在的，他對權力的「解構」，最終只落實為對真正俠氣人物的志業之「解構」。……

權力之網確然難以「解構」，這是當代西方的解構理論家所公認的人間情境；尤其是傅科在《性慾史》及《知識／權力》等著作中一再指述、敷陳的事理。古龍在作品中「解構」武林世界的權力關係，結果卻逼顯了權力之網無所不在的事實，與傅科的理論頗相接近，當然只是純粹的巧合。但是，或亦可於此看出古龍的作品中，不時隱含著一股追求心靈之徹底解放卻不可得的掙扎與張力，而這種掙扎與張力正是「後現代」文學理論相當重視的課題。

葉洪生先生在《臺灣武俠小說發展史》中，對陳曉林先生提出的解構之說有不同的看法：

其實「解構」理論並非萬靈丹，我們無寧用反思／創新／突破／顛覆的概念來審視古龍小說。……

至於解構武林社會、江湖生態，早在一九五八年臥龍生撰《飛燕驚龍》時，即已將武林九大門派（代表俠義道）為達目的、不擇手段的假面具戳破；並對人性中的貪婪自私徹底揭露，以凸顯正邪對立觀念的荒謬性，相對顛覆了武俠傳統。至於《玉釵盟》（一九六〇）寫「神州一君」易天行偽善欺世，武林共欽，更是絕大的反諷！其正非正、其邪非邪，終致正邪難辨。說是「解構」了什麼，亦未嘗不可。

《蕭十一郎》的特異成就實不在於洋和尚唸經的「解構」說，而是作者用「背面敷粉法」，將名門正派俠士的虛名及其罪惡一一反諷殆盡。

其實，葉洪生先生所訾與陳曉林先生所論並不是同一層面的內涵。葉先生指出武俠小說中早有挑戰正邪對立、名門正派的「顛覆」作法，古龍的《蕭十一郎》不過追隨此一「反思」而更上層樓，談不上有何「解構」可言。不過，陳曉林先生文中明白析論，古龍武俠小說中所顯現的「解構」意義並不只見於批判名門正派或僞善俠士的作法，而是對俠客「志業」的解構。什麼是俠客的「志業」？在二十世紀的武俠小說中，那「志業」必然是爲國爲民的義行義舉了。如前所述，古龍武俠世界中義理規範日逐隱沒，漸爲男子漢精神所取代，而男子漢精神往往表現爲凸顯俠客自我、昂揚俠客生命的美感與力度，經常刻意忽略義理的依歸，所以誠如李歐先生所述，陷入了失去正向價值的虛無感中。由此可知，陳曉林先生論斷古龍「解構」了俠客的志業是可以成立的說法。

至於解構了俠客的志業與過去其他武俠作品中對名門正派的挑戰有什麼不同？這就涉及到對權力運作方式的理解了。名門正派這些有形的機構並不是權力運作的根源，教主、幫主、掌門……這些看似權力核心的人物也並不真能掌握權力運作的網絡，相反地只是權力運作網絡所需的一些連結點罷了。所以，挑戰正邪對立、名門正派，並無法真正挑戰權力之網，甚至可說絲毫不能撼動權力之網。因爲挑戰名門正派或正邪對立的俠客，所信守的仍是義理規範，只要義理規範仍是俠客的志業，那麼任何對名門正派的挑戰都是枉然，任何正邪對立的反省也都是無濟於事。爲什麼呢？因爲那種挑戰不過是以「真」俠客掀了「僞」俠客的面具，以「真」的正義門派揭發「假」的正義門派的陰謀。他們所據以互相攻擊的仍是正義、仍是道德、仍是規範。說到底，他們只是在互比誰才是最合乎「義」的俠客。

唯有挑戰俠客的志業——仗義行俠所恃的義理規範，才是真正觸及武俠世界中的權力之網，但也只是部分的面向，而非全貌，事實上，誠如陳曉林先生所言，即使是古龍也無法真正「解構」武俠世界的權力之網。因爲權力是無所不在的，而且經常是以隱晦、人們所不察覺的狀態下運作，它不僅表現在當權者的威嚇逼迫，甚至展示在兩性親密的性愛關係中，更細微地，它流動在我們的日常話語裏。在武俠世界裏，在俠客言談中，什麼樣的話語是他們共通的、共享的信念準則，這些信念準則就掌握了權力運作的關鍵。很明顯地，俠客們共通、共享的信念準則是義理規範。（不管是民族大義還是江湖道義）在許多武俠作品中，這些義理規範甚至成了俠之所以爲俠的根本。換言之，義理規範才是掌握了決定何者爲俠（正、名門）、何者非俠（邪、大盜）的無上「權力」。古龍以放逐、忽略的方式，挑戰、質疑了武俠世界的義理規範，確實才真正碰觸了武俠世界的權力之網，這是他高於前人之處。

對於權力的無形無影、無所不在，古龍有著深刻的體會與描寫，尤其是「七種武器」系列中的「青龍會」更是權力無所不在的最佳象徵，因爲一年有三百六十五天，青龍會就有三百六十五個分舵，而且它的分舵遍佈天下，從閩南、中原、隴西到關外都有，這明顯象徵著權力在時間、空間上都無所不在，它是如此時時刻刻操控著各個地方的人們的生活。古龍在小說中是這樣描述青龍會的：

沒有人知道這青龍會究竟是怎麼組織起來的，也沒有人知道這組織的首領是誰。

可是每個人都知道，青龍會組織之嚴密，勢力之龐大，手段之毒辣，絕沒有任何幫派能比得上。（霸王槍）

這組織真的就像是一條龍，一條神話中的毒龍，雖然每個人都聽說過它，而且相信它的存在，但卻從來沒有人真的看過它，也從來沒有人知道它究竟是什麼形態，究竟有多大。

大家只知道，無論在什麼地方，好像都在它的陰影籠罩下，無論什麼時候，它都可能會突然出現。

有些人近來甚至已覺得隨時隨地都在被它威脅著，想自由呼吸都很困難。（碧玉刀）

他又勉強笑了笑，接著道：「你最好記住，要打倒青龍會，絕不是任何人能做到的事，連孔雀翎的主人都不行。」

秋鳳梧道：「你……」

金開甲道：「我更不行，要打倒青龍會，只有記住四個字。」

秋鳳梧道：「哪四個字？」

金開甲道：「同心合力。」（孔雀翎）

根據這些描述，我們可以整理出青龍會的幾個特徵：第一，它隨時隨地威脅掌握著人們的生活；第二，它不知從何而來，也找不到確切的首領；第三，它不是任何一個個人所可以打敗的。這很明顯地與一般武俠小說江湖世界中的各種門派、幫會的組織形式大不相同，也與所謂的魔教、惡人大相逕庭。它不像一般魔教那樣有固定的根據地，更找不到爲首的「大惡人」，這樣的一種組織結構的確是前所未聞的，它直指權力結構無所不在卻又無形無影的特質，確實和傅科對權力的剖析頗相近似。在《性史》中，傅科對權力如此分析：

權力無所不在，不是說它包容萬物，而是說它來自各方。……權力不是一個機構，不是一種結構，也不是我們具有的某種力量。

任何權力的運用都有一系列目標和目的，但這並不意味著它是由哪個個人的主觀意識來選擇或決定的；我們還是不要去尋找控制權力理性的總司令部。

從傅科對權力的分析中，反觀「七種武器」系列作品裏的青龍會，很清楚可以看到古龍筆下的青龍會與過去武俠小說中門派幫會的本質和形式都大不相同，那些門派幫會頂多可以算是權力網絡上的節點，而青龍會卻是象徵那難以捉摸卻又可以明顯感受的，無形無影無所不在的權力之網。面對這樣無邊無際甚至沒有中心首領可以攻擊的權力之網，俠客的反抗顯得那麼地渺小而無力，這與其他武俠小說中總是依賴俠客來解決問題的思維方式截然不同，俠客在此不再是能夠以一己之力對抗權力之網的俠之大者，而是透過他們幾近徒勞無功的反抗努力，揭露彰顯權力之網的牢固與密實罷了。所以號稱天下武功第一的金開甲，竟然說出青龍會不是任何個人可以打敗這樣的話來，甚至還強調只有「同心合力」才能打敗青龍會。無論同心合力是否真能打敗青龍會，僅是俠客無法再憑一己之力就能解決青龍會帶給江湖世界的迫害，就足以看出古龍試圖以此解構武林世界的明顯意圖了。

不過，權力之網牢不可破，誰也難以真正解構。但所謂的解構也並不是指真能解消權力結構，只是以不斷對固著的意義（**如決定俠名的義理規範**）進行質疑、挑戰、顛覆，藉此來逼顯權力結構的運作方式罷了。所以，就此而言，古龍筆下的俠客又確乎在某種程度上「解構」了武俠世界。然而，筆者仍需強調，古龍的「解構」還是不徹底的，他雖然漠視義理規範、挑戰世俗禮法，可是又同時強調善性天道，並且不知不覺中形成另一種「權力」話語（**判定俠名的依據從義理規範悄悄變成了善性、變成了天道**）。此外，權力結構具有多重性、多面性，義理規範也只是武俠世界權力之網的一個面向而已，在其他權力面向上，例如在處理兩性情慾關係部分，古龍筆下的俠客卻又顯得太不「解構」了。

也同樣由於權力運作的多樣化，所以古龍俠客的解構能力不僅表現在對義理規範的挑戰，同時也表現在藉由美酒佳餚的享樂刺激，塑造一個充滿感官氛圍的江湖世界以及摒除歷史情境的時空環境，再加上另一批「歡樂」得過於刻意的俠客們，所共同營造出來的奇特情境，在在都爲古龍小說中的「解構」企圖盡了一分心力。

自我放逐的歡樂英雄

二十世紀武俠小說中俠客活動場域的演變，基本上是由官府走入江湖，再由江湖化入俗世。此一傾向，不獨古龍，金庸亦如此。令狐沖「笑傲江湖」之後，韋小寶只剩二條路可走，一條是走回官府世界，一條是藏身市井堂口，這二條路他都走了，所以《鹿鼎記》的主要場景不再是懸崖山洞、大漠荒原跟寺院道觀，而變成了深宮大內、殺伐戰陣與胡同堂口，其中尤以胡同堂口形象最爲鮮明也最能襯托韋小寶的個性。

韋小寶看似性格刁鑽，其實暗具隱士性格，至少在面對權力的時候，他絲毫沒有強烈的企圖心。他當上天地會的香主有一半是逼上梁山；在通吃島上想念康熙，並不爲加官晉爵更不想隨聖君治理天下，只是悶極無聊、真心懷舊。顧炎武等人請他自立爲帝，也被他一口回絕，韋小寶既然對權力沒興趣，卻又處在天地會、大清朝兩股政治勢力的夾縫裏，自然討不得好處，寧可自我放逐，混跡市井顯得自在了。官府與江湖在《鹿鼎記》中聯合起來，擠走了韋小寶，反而是胡同堂口伸出援手收容了他，這倒也符合韋小寶的脾性，所以他不僅在裏頭自得其樂，還以他一身市井氣、流氓味反襯出那一干官僚、俠客忙於追逐權勢名位是如此地蒼白。

古龍在此面向上的路數相近，他筆下的江湖世界也是逐漸從武林門派、荒林僻野中收攏回到紅塵世間。在他中晚期的作品裏，江湖世界的主要場景多以酒樓飯館等場所出現，一方面代表他反思、叛離既有的江湖世界的設定，另一方面也是隨著筆下一系列「歡樂」異常的俠客形象的脫胎而變化了主要的活動場域。關於古龍筆下俠客世俗化的傾向，陳康芬女士曾如此分析：

「楚留香」這種世俗性英雄俠客類型，之所以有別於過去武俠小說所形塑的俠客類型，最大特徵就在於精神人格特質的現代世俗性。這種現代世俗性英雄類型的出現，將過去以來武俠小說中，普遍追求抽象生命價值實踐與接受考驗過程的俠客想像，轉換成一種極度個人化與物質性世俗化的人生歷程，並且朝向兩種極端行去——正面的享樂人生與負向的自我放逐。

蕭十一郎與李尋歡兩人，同樣都選擇以玩世不恭的態度放逐自我。常理來說，玩世不恭所透露出的對待世俗的態度，是一種傾向及時行樂的人生價值觀。但李、蕭兩人「孤獨自我」長相左右的自虐性格，卻成為兩人無法真正投入享樂世俗生活的精神主因。但是楚留香卻跳脫這種自虐性格所造成的精神痛苦，使得「絕對自我」朝向浪子玩世不恭的世俗物質性發展。這個特性不僅造成楚留香的世俗享樂性格，還開始擁有以自我為中心的實質生活品味與世界。

像楚留香、陸小鳳這種以世俗物質、感官刺激為生命調性的俠客，即使有任何利他性行為，也只是出於追求冒險的附加價值，很不同於過去英雄俠客以純粹利他精神為第一動機的行為模式。而對李尋歡、蕭十一郎「孤獨自我」精神困境的負向發展，在楚留香、陸小鳳身上，也以近乎自戀的浪子形象，加以取代。這些都不是湊巧，而是象徵俠客一旦擁有了絕對自我，是可以不負責任，是可以以自我為中心。這些觀念都在在衝擊著武俠小說英雄俠客的義之傳統。

不嗜殺人、堅持法辦的楚留香在傳統武俠小說中固然塑立了頗爲奇特的俠客形象，但其創新根源頗有取法偵探小說情節模式處之處。事實上，楚留香雖是古龍筆下最知名的俠客人物之一，但卻不是古龍最具原型內涵的人物造型。由於即使是同一作者所造成的諸多人物通常也不會同一性格，所以很難以一個概括性的名詞去說明古龍所創造的所有俠客形象。因此，筆者將古龍筆下的主角俠客人物概分爲二大類（尚有許多人物難以歸屬其中，可見二類劃分仍不夠精確），即孤狼浪子與歡樂英雄（後者借古龍書名以名之）。但必須強調的是，這二類人物同樣都是秉持男子漢精神與自我中心，也同樣都對義理規範抱著質疑姿態，只是因爲向內、向外不同面向發展的側重影響，使他們分化開來。其一是向內心自我探索而拒抗禮法規範（相對於善性真情與天道而言）的孤狼浪子，其二是向外在物質追求而遊戲人間（相對於執著義理酷嗜權力而言）的歡樂英雄。抗拒也好、遊戲也罷，終歸都展現出一種自我放逐的浪子情懷。所以，筆者以爲孤狼浪子才是古龍著力爲之的人物原型，而歡樂英雄是受到偵探電影刺激，並回應七〇年代資本主義社會初步形成的享樂氣息而衍生的旁系人物。

陳康芬女士指出楚留香、陸小鳳等人物呈現出對物質享樂的喜好是確然的觀察，她對古龍筆下的俠客形象充滿自我中心的意念也是精闢的說明，但由於未能進一步細察古龍筆下俠客的不同類型，嘗試將李尋歡、蕭十一郎、楚留香、陸小鳳這幾位形象風格截然不同的俠客人物收納在「絕對自我」的特質中，又未能分析檢視男子漢精神在俠義爭衡的過程中，對於抗拒／遊戲世間僞仁假義時所發揮的積極意義，所以陳女士誤以享樂人生視爲正面追求，而把自我放逐視爲負面表現。並且略顯夾纏地試圖以「孤獨自我／自戀情結」的一體兩面，雙向解釋蕭十一郎與陸小鳳二種類型的人物性格。事實上，孤獨自我與自戀情結在古龍筆下的俠客性格中多半都具備，蕭十一郎不會沒有自戀情結，陸小鳳也難逃孤獨自我的吞噬。真正劃分這二類人物性格發展表徵不同的原因，只不過是內、外探索方向的差異所致。因之，享樂人生未必即是正面，自我放逐也未必即是負面。

表面上看起來，造成孤狼浪子與歡樂英雄這二類人物形象差異的是他們對物質享樂的抗拒、接納態度的不同。但事實上，古龍筆下的江湖世界感官刺激無所不在，處處都是美酒佳餚，即使是以孤狼浪子類型人物爲主角的作品也是如此。所以就算傅紅雪不喝酒，卻也掩不住

《邊城浪子》中時時出現的酒宴場景；而楚留香縱使身處溫柔鄉中，卻總只是隨遇而安而非過度耽溺。俠客內心的孤獨寂寞與情感衝突愈強烈，外在世界的美酒佳餚與美色誘惑也愈高張，我們從胡鐵花、熊貓兒這一類笑中帶淚的人物或可略知一二。所以，孤獨寂寞是古龍人物的原型意涵，物質享樂則是相應於內心痛苦而外顯的無可奈何，畢竟世間多僞仁假義，男子漢精神既驕傲又寂寞，以解構之姿不斷向權力結構挑戰的俠客，生命之中缺乏足以安身立命的價值取向，遊戲人間、遍歷紅塵就成了由外而內的心理補償。

至於玩世不恭，恐怕也是一種蒼涼的姿態。古龍筆下的俠客其實一直沒有玩世不恭，他心疼的孤狼浪子個個都活得很拚命，而他嚮往的歡樂英雄也每每都尋歡得太刻意。誠如古龍自己在《三少爺的劍》書前序言中所說的：

他們的生活通常都是多采多姿的，充滿了冒險和刺激。
有很多人對他們憎惡厭恨，也有很多人羨慕他們。
因為他們通常都衣著光鮮，出手豪闊，大碗喝酒，大塊吃肉。
只可惜這只不過是他們快樂的一面——
他們還有另一面。
痛苦的一面。……

他們也有他們的寂寞和痛苦。

……因為我也是個江湖人，也是個沒有根的浪子，如果有人說我這是在慢性自殺，自尋死路，那只因為他不知道——

不知道我手裏早已有了杯毒酒。

當然是最好的毒酒。

身偎軟香溫玉、手擎毒酒滿杯，在這樣的俠客面前，利他性的行為自然是隨機而做，絕難刻意爲之。因爲世間號稱「以純粹利他精神爲第一動機」的名門正派太多了，最後往往只是愛名嗜權的掩飾，在這樣解構式的世界觀裏，又何忍侈言、奢求利他精神？

最後一提流浪，那也是古龍筆下大部分俠客的共同特徵。些微的差別僅在於孤狼浪子的流浪是啓蒙成長、自我鍛鍊，而歡樂英雄的流浪則是在此之外又同時伴隨著追兇破案的情節鋪陳罷了。陸小鳳是這麼說的：

流浪也是種疾病，就像是癌症一樣，你想治好它固然不容易，想染上這種病也同樣不容易。

所以無論誰都不會在一夜間忽然變成浪子，假如有人忽然變成浪子，一定有某種很特別的原因。

據說陸小鳳在十七歲那年，就曾經遇到件讓他幾乎要去跳河的傷心事，他沒有去跳河，只因為他已變成個浪子。

而蕭十一郎也這麼說：

當一個人說自己寧願沒有家時，往往就表示他想要一個家了，只不過「家」並不只是間屋子，並不是很容易就可建立的——要毀掉卻很容易。

陸小鳳與蕭十一郎，一個俠名滿天下，一個盜名眾人知，卻在流浪這件事上擁有著一樣的心境。因爲流浪對他們而言不是浪漫的江湖遨遊，而是虛無的自我放逐。

酒色江湖，莽莽殺機

江湖世界是二十世紀武俠小說的重要特徵，也是每一位武俠作家放任俠客騁馳的無限想像空間，所以它既可歸納得出整個武俠小說的文類特徵，也可據以析解個別武俠作家的內心世界。筆者猶記已逝台灣武俠名家高庸先生曾在訪談中對筆者說：「每一個人心中都有他自己的江湖世界，這個江湖世界決定了他筆下武俠小說的個人特色。」的確，相似的江湖卻有相異的想像，古龍筆下的江湖世界跟高庸心中的江湖世界必有不同之處。所以，我們追索古龍小說中的江湖世界，雖未必便能探悉古龍複雜的內心世界，至少可以推衍出更多古龍武俠小說的獨特風格之處。

二十世紀武俠小說的江湖世界相對於王朝官府與市井俗世而言，是一個更富於虛擬色彩與浪漫想像的時空環境。它一開始從與王朝官府的對抗而模糊成立，並因武俠小說中王朝官府的逐漸退位而變得清晰強大，成爲專供俠客們仗劍行俠的場域。這個虛擬的江湖世界是由軟體的生存規範與硬體的活動場域所共同組合而成的。就生存規範而言，江湖世界裏頭有許多特殊的法則與條規，例如重名輕利，就如前述曾引《歡樂英雄》中郭大路的質疑爲例，江湖世界裏的俠客好像永遠不必爲金錢煩惱，念茲在茲的只是追求更高強的武藝與更遠播的俠名。而就活動場域而言，包括了時空設定與典型場景。一般而言，武俠小說中的江湖世界絕大部分被設定在民國之前的中原大陸，而典型場景則是用來適合遨遊與搏殺，畢竟俠客們不是在遨遊就是在搏殺，要不就在遨遊與搏殺的鋪陳之間。

陳平原先生在《千古文人俠客夢》中以專章討論武俠小說的江湖世界的特徵，並以之作爲武俠小說的主要文類特徵，分析了許多精闢的見解。在江湖世界的規範方面，陳平原先生認爲講求義氣是最大準則，並且認爲那是中國文化傳統中，桃源情結的再現：

美化「義氣」和美化「江湖世界」本是一回事，都是為了重建中國人古老的精神故鄉「桃源」，因而又都是對現實世界的否定和諷刺。明白這一點，就沒必要過分指責武俠小說描寫的「不真實」。可若能像金庸那樣，寫出「江湖風波險惡」，另一個世界也不怎麼純潔，另一套規則也不怎麼完美，真正的大俠不只需要退出「官府世界」，而且需要退出「江湖世界」（如《笑傲江湖》），豈不更發人深思？

江湖中人以義氣爲先，猶如強調俠客必須懲奸鋤惡主持正義，都是武俠小說的基本規範。但這畢竟是理念上的嚮往，落實在生活層面時，義氣常遭背叛、正義操諸強權，江湖世界往往呈現是一種風波詭譎的險惡環境，實在半點也「桃源」不起來。所以，「江湖世界」若要帶有一絲桃源氛圍，恐怕得有條件限制，那就是它只能存在於「官府世界」力量還很強大的時候，也就是「江湖世界」的桃花源地特性唯有對立於「官府世界」時才能存在的。換言之，當武俠小說中的官府世界與江湖世界一樣強大、關係顯得密切（**對立式的密切關係**）時，江湖世界的正義性質與桃源情結就愈明顯，反之，則江湖世界將喪失其正義性而不再是桃花源地。由此可見，武俠小說中的江湖世界與官府世界之間的關係，其實是名相對抗，實相依存的。當官府世界的形象愈鮮明、勢力愈龐大時，江湖世界就愈隱然成爲俠士的藏身之所、對抗王朝之資；而當王朝官府日趨模糊、聲勢消褪之後，江湖世界反倒成爲俠士束縛之所在、反抗之標的。可以說，決定武俠小說中的江湖世界之義與不義、可愛與否，端視其與官府世界之間的關係與距離。江湖世界實爲俠客爲求叛離官府世界的束縛而建立，故小說情節中，官府愈強勢，江湖就愈顯得神秘可親。而當官府世界力量消褪之後，江湖世界失卻其對手，即同時失卻其存在的價值，遂必趨於崩潰解體。陳平原先生僅論及《笑傲江湖》中俠客必須退出江湖世界，這其實還不是江湖世界的末日，江湖世界的真正崩解是其特質的喪失，以陳平原先生熟悉的金庸武俠小說（**在其論著中經常以金庸作品為例**）而言，江湖世界的真正毀喪應是在《鹿鼎記》出現的時候。

官府世界除了形象不佳外，對俠客而言還有體制所象徵的束縛。仍以金庸小說爲例，在《射鵰英雄傳》中，郭靖貴爲金刀駙馬卻不依戀權勢，小說情節隨他歷練江湖而發展，偶而夾寫征戰場景，亦多著墨於正邪武人的鬥爭，由是郭靖的形象鮮明、仁義動人。可到了《神雕俠侶》裏，郭靖雖是「爲國爲民」的大俠，以布衣之身率領軍民固守襄陽，卻在不知不覺間失卻俠客風采，因爲他被襄陽城綁住了，再也不能時時叛離體制、處處浪漫遨遊了。同時間裏，楊過的表現飛揚跳脫、心性不羈，實質上取代了郭靖的俠客地位。金庸這樣描述楊過：「某一日風雨如晦，楊過心有所感，當下腰懸木劍，身披敝袍，一人一鵰，悄然西去。自此足跡所至，踏遍中原江南之地。」如此負劍漂泊、孤寂幽絕的美感形象，又豈是死守襄陽、片刻不得脫身的郭靖所能比擬？

至於楊過所踏遍的中原江南之地，絕不是歷史上大宋王朝的國土，而是文學想像虛擬而來的江湖世界。事實上，江湖世界的建立與崩解跟武俠小說中的俠客特質也有著密切的關係。龔鵬程先生曾論析游俠滿足了人們的三種心理需求：英雄崇拜、存在的虛無與浪漫的遨遊。[51]此一俠客特質在二十世紀武俠小說中，必須透過江湖世界方能體現。陳平原先生認爲：「自《江湖奇俠傳》將武俠小說重心移到江湖上來以後，朝廷官吏與江湖俠客的矛盾爭鬥退居其次，武俠中的恩怨仇殺便成了武俠小說表現的重心。」由是，一個虛擬的江湖世界儼然成爲民國以來武俠小說的重要文類特徵之一。這樣的轉變自然有其時代因素以及對清代俠義小說的反叛。

首先，俠客任性使氣，既無意於政治革命，又常思游離於體制之外。因此朝廷王法絕不爲其所喜愛。再加上「官逼民反」事所常有，歷代吏治少有好評，官府給人的印象往往害多於利（體制所帶來的社會穩定被片面地忽略了），俠客的叛逆性格自然可以理所當然地針對官府而發作。如此一來，俠客自然不屑於爲官，更與官府保持遙遠的距離，而俠客的反抗官府亦猶如爲民請命般獲得了相當程度的正當性。

其次，俠客雖思游離體制之外，卻不似僧道隱者之流，以明哲保身自許。俠客莽烈的生命力必賴入世執掌正義，方得以激揚光熱。可爲官從政卻又爲俠客所鄙視不恥，由此可見俠客性格存在著出世遨遊與入世行義之間的自我矛盾。因此，如何爲俠客在入世、出世間尋得平衡，在體制與個人間找到共鳴，就成爲歷代俠義小說作家的共同難題。

民國之前的清代小說大抵以二種方式解決俠客的矛盾，其一是爲俠客搭配一位清官，讓俠客們以個人身分協助清官懲奸鋤惡，如此收編俠客於體制之內，卻又不必入幕於官府之中。其二是爲俠客提供反清復明的民族大義，讓俠客們造反有理，在義理規範的層面上收編了俠客的野性。民國之後，清官退位、反清不再，後起的武俠小說家們再一次面對了如何調和俠客入、出世的性格矛盾的困難，他們提供的解答，就是爲俠客另外尋找一處仗義鋤奸的場所，那就是所謂的江湖世界了。

江湖世界的獨立性與完整性在民國以後的武俠小說中被刻意凸顯後，官府世界開始顯得相形失色。二十世紀的武俠小說世界，江湖中人絕大多數身懷精采武藝，功夫大抵遠勝官府中人，因此自成一個特殊團體，官府根本無能加以管轄。江湖世界的獨立性因俠客思游於體制之外而彰顯，也因俠客極欲執掌正義而強化。所以，近代武俠小說中的江湖世界的建立並非偶然，乃是深刻結合著俠客特質而摸索成就的一種寫作策略，而江湖世界的最終崩解，亦與俠客永不止息的叛離體制的行事風格亦有直接關係。

江湖世界的內在規範及其與俠客特質的關係已如上述。至於其主要活動場域的設定爲何？陳平原先生認爲「懸崖山洞」、「大漠荒原」跟「寺院道觀」是最主要的典型場景：

懸崖山洞在小說中的作用，練功時是隔斷人世，打鬥時則是身陷絕境。……武俠小說中的

「絕境」，往往不是「結束」，而是「轉機」。讓俠客處於極端劣勢，眼看沒有希望，然後來個一百八十度大轉變，形勢急轉直下——這種情節設計並非純為取悅讀者。武俠小說的一個重要特徵，就是如何最大限度觸發人的潛能。

蒼茫的天際、空曠的荒原，俠客孤寂的身影、落寞的神色，再配上小說中無處不在的死亡意象，使得武俠小說整體風格上悲涼中不無壯闊，淒清處猶見雄奇。

不單少林、武當在武俠小說中使用頻率特高，一般的寺院道觀也備受青睞。除了假定其中必藏有武林高手，本身又是打鬥的絕好場景外，更主要的是其提供了一種「悲天憫人」的觀念。……故武俠小說中的「寺院」和「道觀」，外景儘管大不一樣，功能卻大同小異：都是對於刀光劍影的超越，並共同指向善武而不嗜殺的真正的大俠精神。

陳平原先生論析精闢，言之成理，特別是用以對照書卷氣息濃厚的金、梁武俠作品更符旨趣。但若想套用在古龍武俠小說中的江湖世界，恐怕就有些搔不著癢處。因爲古龍筆下的江湖世界，自中晚期後即很少出現懸崖山洞，激發俠客潛力的極限情境往往藉由情感衝突與意識描寫而呈現。大漠荒原（或山谷野鎮）雖常見於《鐵血傳奇》、《陸小鳳》傳奇等一系列結合偵探手法的作品中，卻既不悲壯也不野性，而是著意於製造一種驚奇想像的效果，並且只是作爲某種秘密組織的藏身之所。讀者看楚留香、陸小鳳奔走於大漠荒原，就如同觀賞「〇〇七」電影中邪惡勢力在各種異想不到的地方所精心構築的秘密巢穴，引發的往往是驚奇效果多於文化美感。至於寺院道觀就經常更加不堪聞問了，在《多情劍客無情劍》中，李尋歡與阿飛不就正是被虛僞的高僧、道士困在少林寺中，在那兒既無悲天憫人更無大俠精神。可見陳平原先生在此指陳的典型場景，並不是古龍筆下江湖世界的典型場景，由此推知這些典型場景恐怕是陳平原先生依據有限（**以金、梁之作為主**）的武俠小說作品歸納整理而得，故難以放之四海皆準。事實上，每一位獨具個人風格的武俠作家，筆下的江湖場景都會有自己偏愛的典型場景，這些場景也都和他們筆下別具特色的俠客形象相結合，所以，一個概括性的江湖世界固然可以在絕大部分的武俠小說中尋得，但這些江湖世界中的典型場景與氛圍卻必須在個別作家（**甚至作品**）中去細部分析，方得正解。

古龍筆下的江湖世界雖然也有「懸崖山洞」、「大漠荒原」與「寺院道觀」，唯其象徵作用卻絕不似金庸小說那般，所以也就大異於陳平原先生的分析。可是古龍也沒有像《鹿鼎記》那樣在皇宮大內、殺伐戰陣之外，鮮活地另闢一塊胡同巷口。他的江湖世界不以場景的描寫爲風格，而以「氣氛」、「味道」的呈現爲特色。什麼是文學中的氣氛與味道？通常那是指透過眼耳鼻舌等感官刺激的描寫而呈現出來的綜合意象。在古龍小說中，這些氣氛與味道主要表現爲二種質素，其一是酒色財氣所構築的紅塵世俗化的江湖場景，其二是殺戮決鬥所掀起的血腥獵殺。

世俗化江湖場景

《武林外史》中有一位快活王，擁有酒、色、財、氣四位使者，專門為他蒐酒、集色、斂財、殺人，恰可作為構成古龍筆下江湖世界幾大要素的說明典範。古龍中晚期的作品裏，江湖俠客幾乎人人三日小飲五日大宴，個個都是美酒佳餚的品賞專家。數不盡的歡宴場面，飲不完的金樽美酒，還有牌桌上爾虞我詐的豪奢狂賭，再陪襯著佳人妓女穿梭其間，滿篇滿紙盡是鋪陳著物慾濃厚的描寫，不斷刺激著讀者的感官知覺。在這樣綿延無盡的物質享樂裏，俠客的「氣」（**男子漢精神**）荒謬地表現在誰最懂美食、誰最慢醉倒，還有誰能贏回最大把的金錢並且抱得美人歸（**兩性關係的緊張程度是想當然耳了**）。於是行俠仗義不如飲酒作樂，談情說愛簡化為色慾想像。硬漢醉貓已如一體二面，任俠使氣只為證明自己的存在。彷彿只有透過不斷的感官刺激，古龍筆下的俠客們才能有所知覺，才能體現自己還是活著的、不是行屍走肉的。

對於那些令人嚮往足以寫入傳奇的江湖中人，究竟過著怎樣的生活、活出怎樣的意興？古龍自己是這麼描述的：

> 在那種時代中，江湖中有各式各樣的人。

有大俠，也有大盜；有鏢客，也有刺客；有義士，也有隱士；有神偷，也有神捕；有俠女，也有妓女；有市井匹夫，也有世家子弟。

他們的生活通常都是多采多姿的，充滿了冒險和刺激。

有很多人對他們憎惡厭恨，也有很多人羨慕他們。

因為他們通常都衣著光鮮，出手豪闊，大碗喝酒，大塊吃肉。……

神捕捉了神偷，設宴慶功，大吃大喝，喝得半死為止。

大盜撈了一票，分一點給窮人，自己跑去花天酒地，把錢花光為止。

大俠有名有勢，不管走到哪裏去，都會受到別人的尊敬和歡迎。

世家子弟們從小錦衣玉食，要什麼有什麼。

沒有再多的希望，也沒有更少的哀愁，這就是古龍筆下嚮往的俠客行徑與江湖歷練，他以酒肉、刀劍爲筆墨，美色、殘屍爲紙箋，書寫一遍又一遍任俠的豪氣，猶如在頹傾死去的城堡外彩繪美麗耀眼的圖騰。那城是空的，因爲靈魂正流浪著，只有彩繪的圖騰真實可觸可聞可觀可咀嚼——只是再多的吞噬也無法塡滿內在意義的空虛。

雖然如此，古龍筆下的江湖人所熱愛的生活方式卻爲讀者營造出一幕幕酒樓飯館的世俗場景，並且成爲古龍武俠小說中別具特色的江湖世界。這個江湖世界不僅有俠有盜，而且有酒有肉，充滿了濃厚物欲，日日夜夜上演著活色生香的戲碼。閱讀古龍的武俠小說，除了男人的道義、女人的情慾外，還有醇厚的酒香、各色的菜餚不斷刺激著讀者的視覺、嗅覺、味覺……等感官想像，經常在不知不覺中便飽饜了一餐餐的酒食饗宴。這些情景的描寫，在小說中都是別有用意的，而且也和行走其中的江湖俠客的形象相連結。

古龍說他寫的是江湖人，這裏所謂的江湖人其實就是幫會人物，這些人物「衣著光鮮，大碗喝酒，大塊吃肉」自然沒辦法長時間躲到大漠荒原或寺廟道觀裏，即使偶而有這必要，也得要像姬冰雁那樣有一輛藏滿酒食的大車，或者如無花和尚可以煮一手香妙的素食才行。總之，最適宜這些江湖人物行走的地方，自然就是酒樓飯館了。因爲酒樓飯館是最爲平民化、世俗化的公眾空間，古龍選擇這樣的場域作爲他江湖世界的主要場景，可以說是與他的俠客形象相契合的設計。

除了平民化、世俗化的空間場景外，俠客在其中享用醇酒美食的情形，也是古龍所樂於描寫。這些酒食的描寫一方面也與俠客形象相結合，另一方面則呈現了俠客遨遊天涯的地域特色，因爲美食經常是可以藉之呈現區域人文特色。廖炳惠先生在《吃的後現代》中如此闡析：

> 各區域所發展出來的地域性食物，再現了當地所擁有的特殊食物及動植物資源，也常和當地的氣候有關……

在再現地方色彩的文化詩學底下，美食往往作為非常重要的地方人文景觀，乃是藉以凸顯地區文化及其個別性的重要媒介。因此，我們會說：「吃什麼就像什麼」，食物與品味、文化、社會的形成，有相當大的關連。

的確，每一個地方的飲食都與當地的文化特色相關，許多著名的土產美食往往也成爲該地的文化品牌象徵。這在古龍小說中的飲食描寫也是非常清楚的。例如他在《白玉老虎》裏寫了一條辣椒巷，裏面的人們都嗜食辣椒，古龍說他們都是滇、桂、蜀一帶遷移過來的人，這個說法與四川附近的人們愛吃辣椒的飲食文化特色是相符合的。又例如他在《碧玉刀》中描寫了西湖美食宋嫂魚，不僅寫了這種西湖醋魚的作法，還仔細說明了西湖醋魚雖以西湖爲名，其實產自四鄉而非西湖。這些描寫都讓他筆下的美食與當地的文化景觀相結合。然而，這種各地區域飲食文化的呈現所發揮的作用尚不僅如此，它還爲一成不變的酒樓飯館帶來各具原色的區隔。因爲小說中各地酒樓飯館的空間場景基本上都相差無幾，只有藉由飲食描寫，方能在閱讀中讓讀者感受到每一間酒樓、每一處飯館的各自特色。

飲食描寫除了可以達到變換場景、呈現各地特色的作用外，在古龍的小說中還經常用以結合陰謀、女色、下毒甚至借此說出一番人生道理來。譬如在《歡樂英雄》裏，麥老廣的燒鴨子是用來藏珠寶贓貨，而《白玉老虎》裏面的美女蜜姬被比喻爲能看不能「吃」的水蜜桃般的女人。至於在酒食中下毒，實在太過普遍，無需列舉，比較特別的是《碧玉刀》裏面段玉吃個包子竟也能吃出一番人生體悟來：

又一村的包子是很有名的，所以比別的地方的包子貴一點，因為它的滋味確實特別好，所以買的人也沒什麼怨言。

但等到它冷了的時候再吃，味道就不怎麼樣了，甚至比普通的熱包子還難吃些。

段玉嘴裏嚼著冷包子，忽然發現了一樣他以前從未想到過的道理。

他發現世上並沒有「絕對」的事，既沒有絕對好吃的包子，也沒有絕對難吃的包子，一個包子的滋味好壞，主要是看你在什麼地方，和什麼時候吃它。

本來是同樣的東西，你若換個時辰，換個角度去看，也許就會變得完全不同了。

所以你若要認清一件事的真象，就必須在各種不同的角度都去看看，最好是將它一塊塊拆散，再一點點拼起來。

一個冷包子可帶來這麼複雜的啓示，飲食男女，之於古龍，真是大義存焉。然而有趣地方還不僅如此，古龍筆下的飲食描寫除了呈現區域文化、結合武俠模式外，還經常透露出幾分後現代的拼貼氣息。關於後現代的飲食特色，廖炳惠先生認爲：

後現代的重要特徵是各地區的食物來源已經互通有無，網路訂購及航空運輸的便利，使得其他地區的食物，可以在幾個小時之內送往世界各地。眾多的材料、佐料、特殊食物、調理方法以及人才，都可以到其他各地發展，產生互相交會的情況。

古龍很喜歡描寫在很短的時間內，將東南西北不同各地的美食特產，集中在讀者面前，製造一種驚奇的效果。當然在這背後通常是一位勢力龐大的人物，將各地美食的材料或廚師收納到身旁，所以才能在短時間內籌備各地不同的美食。但無論如何，這種將各地美食博覽地陳列在讀者面前的描寫，的確是給人一種後現代拼貼之感。更有甚者，古龍有些作品從頭到尾，飲食場景的描寫接連不斷，而且隨著俠客的遨遊天下，這些飲食場景的描寫也就成爲各地美食品鑑，其結果經常使全書讀來有一種進入美食大觀園之感，在閱讀效果上帶給讀者一種拼貼天下美食齊集於眼前的感官刺激。

俠盜相獵的無邊殺機

古龍小說中的暴力描寫並不多，他甚且努力將暴力的描寫藝術化爲所謂「優雅的暴力」。

可即便殺人可以美如西門吹雪，還是無法掩蓋古龍筆下江湖世界隱秘卻飽含的血腥氣息。這是因為古龍小說中不再敘寫俠客成長的經歷、學藝的過程，情節敘事無形中被壓縮集中到只剩下不斷的決鬥搏殺。再加上古龍小說中隨時都隱含殺機，到處都可以拔刀殺人，他從不搞武林大會之類的擂台賽，殺人不必像金庸筆下那樣集中在少林寺的屠龍大會或者是光明頂的六派圍攻，少了這樣的鋪排反而更使江湖中人的仇殺顯得更加隨機、更加日常也更加無可防範。

在無邊殺機的江湖中行走，人與人之間猶如野獸般彼此追獵著。《武林外史》中有這麼一段針對江湖中人如狼似虎般處境的說明：

> 他只是憑著一股本能的直覺追尋著——這是一種野獸的本能，也是像他這樣終生流浪的武人的本能。
>
> 江湖豪傑竟會有與野獸同樣的本能，這乍聽似乎是怪事，但若仔細一想，便可發現兩者之間委實有許多相似之處。
>
> 他們都必須逃避別人的追蹤，他們在被追蹤中又都必須要去追捕仗以延續他們生命的獵物。
>
> 他們是獵者，也同樣隨時都可能被獵。
>
> 他們的生命永遠都是站在生死的邊緣上。

殺人者人恆殺之，不分正邪、無論善惡，今日你取人性命，他日必有人取你性命。不論是俠客還是盜賊，都要活在隨時面臨死亡的恐懼之中，都必須仰賴野獸般的本能與直覺才能隨時保持獵殺的優勢——卻仍然片刻不離於生死邊緣。在這樣的江湖世界裏，俠也好、盜也罷，俱成一種食物鏈關係，在獵殺別人與被別人獵殺的往復循環中，人唯一的依賴只剩下手中的刀劍，最後的安身立命處也只能寄託在刀光掠過、血花濺起時，那美麗而永恒的剎那。

在這般物欲濃厚、殺機無邊的江湖世界裏，仁義的追求變成一種侈談，生命的價値猶如攬鏡自憐，仗劍的俠客們左顧右盼都是自己的身影，這一劍刺去、那一刀揮來，都像是在與自我搏殺——無論勝負如何，死的終歸都是江湖人，同樣大碗喝酒、大塊吃肉的江湖人。

江湖世界成此修羅絕境，俠客對義理規範的權力之網所提出的挑戰，最後又反作用到自己身上。解構的姿態猶如一雙乾枯的手臂，高舉著伸向無盡的虛空，而刀自腕間滑落，正迅速刺向自己的心臟。

大人物（上）

作者：古龍
發行人：陳曉林
出版所：風雲時代出版股份有限公司
地址：10576台北市民生東路五段178號7樓之3
電話：(02) 2756-0949　　傳真：(02) 2765-3799
封面原圖：明人出警圖（原圖為國立故宮博物館典藏）
封面影像處理：風雲編輯小組
執行主編：劉宇青
業務總監：張瑋鳳
出版日期：古龍珍藏限量紀念版2025年4月
ISBN：978-626-7510-39-1

風雲書網：http://www.eastbooks.com.tw
官方部落格：http://eastbooks.pixnet.net/blog
Facebook：http://www.facebook.com/h7560949
E-mail：h7560949@ms15.hinet.net
劃撥帳號：12043291
戶名：風雲時代出版股份有限公司

風雲發行所：33373桃園市龜山區公西村2鄰復興街304巷96號
電話：(03) 318-1378　　傳真：(03) 318-1378
法律顧問：永然法律事務所 李永然律師
北辰著作權事務所 蕭雄淋律師

行政院新聞局局版台業字第3595號 營利事業統一編號22759935
©2025 by Storm & Stress Publishing Co.Printed in Taiwan
◎如有缺頁或裝訂錯誤，請退回本社更換

定價：340元　　版權所有　翻印必究

國家圖書館出版品預行編目資料

大人物／古龍 著.　-- 三版.--
臺北市：風雲時代出版股份有限公司，2025.04
冊；公分.（另類俠情系列）古龍珍藏限量紀念版
ISBN 978-626-7510-39-1（上冊：平裝）
ISBN 978-626-7510-40-7（下冊；平裝）

857.9　　113016830